Lionelle
12 Février
Caire

Moumoute
à Passy

UN INSTANT DE BONHEUR

DU MÊME AUTEUR

Les jours en couleurs, Grasset.

L'homme arc-en-ciel, Grasset.

Transit-express, Grasset.

L'amour dans l'âme, Grasset.

Océans, Grasset.

Le Voyageur magnifique, Grasset (Prix des Libraires 1988).

Jours ordinaires, Grasset.

La Dérive des sentiments, Grasset (Prix Médicis 1991).

Sorties de nuit, Grasset.

Le Prochain Amour, Grasset.

YVES SIMON

UN INSTANT DE BONHEUR

nouvelles

BERNARD GRASSET
PARIS

Tous droits de traduction, de reproduction et d'adaptation
réservés pour tous pays.

© *Editions Grasset & Fasquelle, 1997.*

A José Ferré.

LE CONFESSIONNAL

J'avais dit à Ferrante que j'étais entré dans la basilique San Clemente à cause de la chaleur et du bruit. A Rome, les trottoirs sont étroits, les rues sont étroites, et le bruit des voitures et des cyclomoteurs qui vous frôlent sans cesse pénètre votre corps comme une fièvre soudaine. « Ajoutez à cela, Ferrante, que je ne suis pas romain et que ces pétarades me déconcentrent. C'est cela, je ne peux plus penser quand je marche un jour de canicule dans Rome. Surtout comme je venais de le faire, pendant un kilomètre au moins, sur la via del Corso. »

Ce soleil ! Une chaleur qui me faisait arrêter tous les quarts d'heure dans un café pour ingurgiter un ou plusieurs verres de thé glacé (parfumés à la pêche). J'ai alors pensé qu'une église serait l'endroit idéal pour retrouver mon calme et une vague assurance. Vers la Piazza Venezia, j'entrai donc dans un grand édifice noirâtre et repris mes esprits après un bon quart d'heure, assis, vers le bas-côté de la nef, sur une chaise d'osier. Je résistai plusieurs fois à une

Un instant de bonheur

torpeur grandissante et plutôt que de m'étendre – ce qui aurait pu se remarquer et faire mauvais effet auprès des visiteurs étrangers – je cherchai autour de moi un lieu plus tranquille où je pourrais m'endormir quelques minutes, plutôt que de me trouver mal. Plusieurs confessionnaux étaient là, libres d'occupants, et je m'installai discrètement dans l'un d'eux pour simplement faire une courte sieste.

Ferrante, curieux comme pas deux, me demanda si, à l'instant où je m'étais dirigé vers le confessionnal, j'avais une intention quelconque. Je lui affirmai que non. Mais j'aurais aussi bien pu ne pas lui répondre. Ferrante m'agace parfois, tant il est familier. Je ne lui demande rien sur ses amours, et pourtant il me parle sans cesse de Laura, sa fiancée du moment qui, paraît-il, est mannequin chez Valentino. Mais je demande à voir. Mannequin chez Valentino, elle a autre chose à faire que de rejoindre chaque soir un étudiant en lettres qui annonce à qui veut l'entendre un roman qui ne vient toujours pas. Ferrante me montre des passages écrits à la main et je crois souvent reconnaître des lignes de Moravia ou de Buzzati. Mais je le laisse à ses fantasmes et lui demande, pour le mettre au pied du mur, de me faire rencontrer sa fiancée. Comme par hasard, elle travaille tard le soir, ou bien elle est partie aux Baléares pour des photos. Je lui dis : « Votre fiancée, Ferrante, est en réalité vendeuse de chaussures chez Valentino ! Surtout, ne vous vexez pas car une

Le confessionnal

vendeuse de chaussures, dotée de surcroît de jolies jambes, est un bonheur pour les clients. Et faire plaisir à l'humanité souffrante est une vraie source de joie ! »

Je n'en croyais pas un mot, mais j'aimais remettre Ferrante à sa place. Après tout, il était mon secrétaire du moment et il n'y avait aucune raison pour qu'il vive avec une créature de rêve et moi avec un ordinateur de voyage...

Pour répondre à sa question, je n'avais eu nulle intention en me dirigeant vers le confessionnal. J'insistai. Seule une fatigue intense m'avait amené là et, aussitôt la porte refermée, je fis l'unique chose dont j'étais capable par cette chaleur : m'endormir.

Le matin même, j'avais lu un article sur un télescope qui avait retrouvé dans l'univers des traces de lumière fossile datant d'à peine trois cent mille années après le Big Bang (quinze milliards d'années), lorsque s'étaient formés les premiers grumeaux autour desquels allait s'amonceler de la matière pour donner naissance, bien plus tard, aux soleils, planètes et galaxies. Autrement dit, dans l'univers jusque-là uniforme, on venait de découvrir quand était née l'altérité. C'est plongé dans cette ambiance d'éternité et de chaos premier que je fus alerté par deux petits bruits : toc, toc, des effleurements. A moitié réveillé, je me rappelai néanmoins le confessionnal et fis glisser le volet découvrant un treillis de bois percé comme un hygiaphone. « Mon père, je m'accuse... » Une voix

Un instant de bonheur

de femme... Une femme commençait une confession, voix basse, douce, chuchotée. Ainsi donc, l'espèce humaine péchait, je l'avais oublié. Au regard des quelques milliards d'années dans lesquelles je venais de plonger, cette voix me parut dérisoire. Pourtant, je fus ému. Par un tremblement, une jeunesse, une sincérité. Que dire d'autre ? « Justement, m'attaqua Ferrante, pourquoi être resté ? Vous auriez pu sortir aussitôt, vous excuser, dire : il y a erreur... – Non, Ferrante, sans doute l'assoupissement et l'émotion mêlés... Je viens de vous le dire, cette voix chuchotée me troublait... Je restai sur place et écoutai. – Comment était cette femme ? » s'impatienta encore Ferrante. Je lui dis que dans la pénombre je ne pouvais la voir, seulement l'imaginer... « Jeune, moins de trente ans », dis-je pour calmer sa curiosité. J'ajoutai que je devais la revoir le lendemain, même heure, même endroit. « Vous lui avez donné rendez-vous », s'exclama Ferrante, de plus en plus excité. « Non, j'ai refusé de lui donner l'absolution (ce qui était faux, mais je prenais du plaisir à aiguiser les fantasmes de Ferrante) et je l'ai donc convoquée pour une audience supplémentaire. – Elle a dû vous raconter des choses incroyables pour accepter comme cela de ne pas être absoute », ajouta-t-il. Je lui dis que c'était un secret de confession, je me tus et le laissai sur sa faim.

Je regardai Rome et me dis que les villes éternelles avaient cela de bon : nous mettre en contact avec les extravagances du quotidien.

Le confessionnal

Je dictai deux lettres à Ferrante et commençai à mettre au point mon intervention de la fin de la semaine sur *Europe et Tolérance*. Un colloque universitaire.

Des toits rose pâle, un bruit d'air conditionné, telle était Rome en cette fin d'après-midi, de ma fenêtre de l'hôtel d'Angleterre. Au loin, des chevaux blancs sculptés dominaient le monument à Victor-Emmanuel II.

La jeune femme avait parlé de désir. Un autre désir. Un nouveau désir... disait-elle. Je lui avais demandé de nommer ce désir. « Est-ce un homme ? Pouvez-vous lui donner un visage ? – Non, avait-elle répondu, c'est plus... C'est autre chose... Je désire vivre », avait-elle fini par déclarer.

J'étais abasourdi et me demandai quelle idiote venait de s'échouer auprès de moi. « Vivre ! Mais tout le monde désire cela : vivre mieux ou autrement, lui dis-je. Qu'y a-t-il là d'extravagant qui vous amène à vous confesser ? – Je sens bien que ce désir-là est exceptionnel, murmura-t-elle, qu'il va bien au-delà de moi, de tout ce que j'ai pu ressentir jusqu'alors... – Désirez-vous rencontrer Dieu ? » finis-je par lui dire. Là, Ferrante s'esclaffa : « Vous lui avez parlé de Dieu ! Vous ! » Je repensai à cette scène. La jeune femme s'était tue et avait demandé si elle pouvait me rencontrer le lendemain, à cet endroit. « A la même heure », avais-je aussitôt ajouté, comme s'il s'agissait d'un rendez-vous amoureux qu'une femme inconnue venait de

Un instant de bonheur

m'accorder. Elle ne m'avait demandé ni absolution ni pénitence, et je la regardai s'éloigner. Elle portait une robe légère, blanche, à pois bleu marine. Noirs, peut-être, et des chaussures de tennis. Sans le moins du monde s'agenouiller, elle disparut par la porte principale d'où jaillissait la lumière de l'été. Je sortis à mon tour et restai un bon moment, le regard perdu dans la mosaïque de l'abside.

Peu après le départ de Ferrante, je pris une douche, m'aspergeai d'une eau de Cologne bon marché mise à disposition dans la salle de bains et allai dîner dans le Trastevere. Revenu dans ma petite suite de l'hôtel d'Angleterre, je décidai de baptiser la jeune femme du confessionnal Antonella. « Je désire mieux », avait-elle dit... Moi aussi, je désirais mieux. Avec qui? Comment? Je ne savais pas. J'en étais à une de ces bifurcations de mon existence où il me fallait changer d'habits, fringuer mes nouvelles pensées afin d'ajuster mes actes à l'évolution de mes rêves. Je songeais à Antonella, et me rendis compte à quel point je ne pouvais être dans ses pensées. Pour elle j'étais un prêtre, le murmure de Dieu, sans chair, sans fantasmes, une demi-voix. Il faudrait lui avouer, demain, et lui dire « je veux que vous voyiez mon visage, je veux vous plaire, que vous découvriez en moi peut-être ce que vous cherchez... » Mais comment résister à ce jeu de l'ombre et au plaisir des secrets révélés?

Le lendemain, j'étais en avance. Assis dans le

Le confessionnal

confessionnal, muet et inquiet. Antonella fut à l'heure. « Je n'ai pas dormi, dit-elle. J'ai pensé à vous et à cet aveu. Vous m'avez appris une chose : que j'étais normale, puisque selon vous, tout le monde désire plus. Mais moi, je ne veux pas plus pour avoir un peu ; je veux plus pour avoir tout. Je veux la passion et l'élan, l'amour flamboyant et la démesure et que cessent enfin les rencontres où seules les beautés de l'extérieur se manifestent. Si vous n'étiez pas à votre place ni moi à la mienne, peut-être vous aimerais-je. Peut-être m'aimeriez-vous. Nous ne connaissons l'un de l'autre que des chuchotements. Mais l'essentiel n'est-il pas là : les mots chuchotés dans la pénombre d'un confessionnal ? Ici, il m'est permis de tout vous dire, et à vous, de tout écouter... »

Je me taisais. Sa bouche était à peine à cinq centimètres de la mienne, je sentais son souffle, sa respiration. J'aurais pu lui demander d'approcher encore et poser ma bouche contre la sienne. Un baiser de prisonniers, interdit et volé au monde. Lui dire que je pouvais à l'instant sortir, prendre sa main et l'emmener avec moi. Mais j'avais si peur de sa réaction. Qu'elle soit déçue, et ces rendez-vous magiques qu'une journée de canicule m'avait offerts, cesseraient aussitôt. Je dis : « Que comptez-vous faire ? Provoquer le destin ou attendre ? – Provoquer, répondit-elle. Je vais dans les soirées romaines – ça ne manque pas – je regarde les gens, j'imagine. Parfois, je m'amuse, mais je sais que ce

Un instant de bonheur

sont des ombres à qui je parle, des ombres qui me parlent, sans que rien d'invisible et de magique ne s'installe entre ces hommes et moi. » J'eus envie de la prendre dans mes bras, de l'étreindre, d'avancer que je me sentais « différent » de tout ce qu'elle avait rencontré. « Prétentieux », aurait-elle dit, en s'éloignant... Sans oublier de me traiter d'usurpateur, d'arracheur de confidences, de voleur d'âmes !

« Mais l'absolu, c'est Dieu, lui dis-je, et on ne le rencontre pas dans les fêtes de Rome. Il est à l'intérieur de vous, de moi, de notre besoin d'aimer. Aimer, c'est aller chercher au fond de soi ce qu'on a de plus beau, de plus pathétique, pour le tendre, par la pensée, à l'être qui reçoit tout. »

Je dis à Ferrante, le soir même, que j'avais eu le désir de la serrer dans mes bras, à l'instant, plutôt que de lui faire des sermons. L'emmener jusqu'à un aéroport et ensuite vivre une vie douce et paisible « Vous divaguez, monsieur, vous dites là tout le contraire de ce que vous avez l'habitude de m'enseigner, me lança Ferrante. – Vous avez raison, lui dis-je, l'amour ce n'est pas la quiétude : c'est vivre avec une douleur et y trouver de la sérénité... Mais que je vous raconte ce qu'elle a répondu à propos de Dieu...

" J'ai mon idée là-dessus, me dit-elle. Dieu, je le porte en moi, mais ne lui parle pas. Mon corps vibre lorsque je regarde les étoiles et je sais que ce battement de cœur est mon émotion pour l'infini. C'est cela, Dieu, pour moi : une émotion d'univers... Se

Le confessionnal

sentir relié à la fois aux êtres qui parlent autour de moi et aux galaxies les plus lointaines, aux vents, à l'orage, à l'arrivée du printemps, à la pluie d'été... Vous voyez, je ne me sens pas seule. *Il* est là, et je n'ai pas à *Lui* parler. " – Divine, s'exclama Ferrante. Je vous envie. C'est une femme à vénérer qui vient de percuter votre existence ! »

Je proposai à Antonella de la revoir le lendemain. Dans le même temps je pensai qu'il fallait en finir. Cette troisième rencontre serait la dernière, sinon j'allais aliéner ma vie à ces rendez-vous chuchotés. Il fallait déclarer mon usurpation, oser enfin parler en dehors du confessionnal. Ou alors, disparaître, me sauver, fuir l'image du désir que je venais de rencontrer, cette ombre de femme, ces mots secrets que des murmures m'offraient, cet amour de pénombre dans lequel j'allais finir par sombrer. Conforté par la certitude de la revoir, j'allais réfléchir au dénouement de l'imbroglio dans lequel je m'étais fourvoyé. « Que faites-vous ce soir ? lui dis-je avant de refermer le volet de bois. – Il y a une garden-party chez les Finzi-Contini, j'y serai. Peut-être y aura-t-il un visage... – Vous êtes mariée ? – Oui et je n'ai jamais trompé l'homme avec qui je vis et ne compte pas le faire. Je veux bouleverser ma vie, non l'améliorer. »

A cet instant, je la trouvai immense, entière, absolue. Avant qu'elle ne me quitte, je lui demandai comment elle serait habillée... « Quelle importance ! Une robe à pois comme d'habitude. Rouge, sans doute... »

Un instant de bonheur

« Je connais quelqu'un qui peut nous faire inviter, s'exclama Ferrante. – Alors, c'est le moment de montrer vos talents », lui dis-je sèchement. Je lui trouvais une beauté fade à ce garçon. Tout du bellâtre, et cette manière de parler comme s'il avait déjà produit une œuvre ! Mais rien, du vent. Comme s'il devinait ma pensée, il ajouta qu'il avait commencé quelque chose ce matin et qu'il avait trouvé un titre. Je ne le lui demandai pas. « C'est une métaphore pour votre roman, Ferrante, ce parallèle entre la naissance de l'altérité, trois cent mille ans après le Big Bang, et cette rencontre d'aujourd'hui entre un homme et une femme. L'univers jusque-là était serein... Moi également. Et patatras... Un corps étranger se glisse dans nos mondes et c'est une histoire inédite qui se fabrique. » Ferrante passa dans le salon. Je l'entendis téléphoner avant de revenir radieux : « Ce soir 21 heures dans les jardins des Finzi-Contini ! » Je ne le remerciai pas et fis comme si tout allait de soi. Je lui demandai aussitôt comment je devais m'habiller. Il dit : « Vous étiez très bien à la réception de l'université. – Guindé, lui dis-je. – Non, ajoutez une pochette rouge, les chaussures que nous avons achetées chez Fabrizzio et la chemise en soie de Luigi Martini... »

La soirée se présentait mal, et je ne cachai pas mon inquiétude à Ferrante. « Elle ne peut vous reconnaître. Elle est habituée à un chuchotement et elle imagine un prêtre. Soyez sans crainte ! » dit-il

Le confessionnal

en relevant la tête, pendant qu'il finissait de cirer mes chaussures.

En me glissant entre deux voitures stationnées, là où nous avait déposés le taxi, je fis un accroc à ma jambe de pantalon devant le jardin des Finzi-Contini. Je vis là un présage funeste. Ferrante qui marchait devant moi, souriant, sûr de lui, se moqua et me fit des réflexions.

Des milliers de bougies, des projecteurs dans les cyprès, une musique mi-rock, mi-romantique, des habits, des robes, le ciel était bleu sombre, rempli d'étoiles. La chance fut de mon côté dès notre arrivée. Au milieu des invités, je l'aperçus. Elle, dans une robe rouge à pois. Je voyais enfin son visage. Une beauté mélancolique qui me bouleversa. Je chuchotai à Ferrante de venir à mon secours... « Allez lui dire n'importe quoi, faites-la sourire, c'est votre truc n'est-ce pas... Et amenez-la vers moi ! » Il s'éloigna, alla directement à elle. De loin, je pus voir sa surprise, puis les choses semblèrent s'arranger. Ferrante prit une coupe de champagne sur un plateau et la lui offrit. Ils regardèrent plusieurs fois dans ma direction, elle se décida. Je la vis quitter Ferrante, puis s'approcher, aimable. « Je connais vos livres, dit-elle en arrivant vers moi, je les aime, comment ne pas avoir envie de vous rencontrer ? » Que souhaiter de mieux comme prise de contact, songeai-je, en ayant pour une fois une aimable pensée à l'égard de Ferrante qui avait fait un beau travail. J'allais enfin être moi-même. Sans

Un instant de bonheur

avoir à garder le silence d'un homme de Dieu, j'allais pouvoir déployer mes mots, parler de Musil, de Dante, lui avouer que je venais de rencontrer un regard qui me donnait de l'émotion, parler des débuts de l'univers, des premiers instants où la gravitation avait attiré la matière pour former les étoiles, comme dans une danse d'amour, l'autre enfin trouvé, approché, respiré. Elle écouta, surprise. Amusée. Je sentais mes mots entrer en elle et la ravir. Ses cheveux retombèrent autour de son visage et je m'enhardis à remonter une mèche sur son front. Je venais de la toucher pour la première fois. Je me sentais géant. Je pris possession de son parfum, de sa taille que j'enlaçai pour l'emmener vers un balcon d'où l'on pouvait regarder la fête somptueuse, de sa main que je serrai pendant qu'à minuit éclatait dans le ciel un feu d'artifice grandiose. Rome, la ville de l'éternité, m'offrait un commencement.

Tard dans la nuit, je lui proposai de la raccompagner. Elle me parla du chauffeur qui l'attendait et me fit ses adieux en échange d'un numéro de téléphone, sa ligne à elle, privée, que je pouvais désormais occuper.

Aussitôt à l'hôtel d'Angleterre, j'écrivis sur le papier de soie à en-tête la première lettre d'amour de ma vie. Une lettre venue du fond des temps, remplie de compassion, avec les mots sortis de mes rêves pour parler d'elle, de sa peau, de son regard. De son geste, au moment de nous quitter,

Le confessionnal

lorsqu'elle avait levé l'avant-bras comme pour marquer l'espace où s'était déroulée notre première vraie rencontre.

Le lendemain, à deux heures, j'allais lui remettre cette lettre et lui avouer ma supercherie involontaire. Mais elle s'agenouilla et commença... « Mon père, hier soir j'ai rencontré l'homme-dieu, celui avec qui je veux m'enfuir dès ce soir pour traverser le monde... » Moi, j'exultais, je priais, remerciais tous les saints. Jamais la vie ne m'avait autant honoré de ses bienfaits. J'allais enfin sortir de ma clandestinité et à l'instant même conduire la femme imaginée – puis rencontrée – hors de nos pénombres. Elle ajouta alors : « J'ai passé la première nuit de ma vie à aimer, à adorer, à regarder le corps et le visage de la vie et de la mort, le corps et l'âme de l'univers que je tenais dans mes bras. Il se nomme Ferrante et, si j'ai péché, je vous demande l'absolution... »

Il pleuvait sur Rome, une pluie d'été chaude et violente. A l'hôtel d'Angleterre, je trouvai Ferrante en train de plier bagage. « J'ai envie de vous tuer, Ferrante. – Normal, monsieur. C'est le désir que l'on éprouve envers ceux sur qui l'on exerçait un pouvoir et qui viennent, à votre insu, de se l'approprier. – Sortez, Ferrante, je ne veux plus vous voir. Jamais ! » Il finit de rassembler ses affaires, tranquillement, un affreux sourire aux lèvres. Il jubilait, moi je mourais. Avant de franchir la porte, il se retourna : « J'ai trouvé le titre de mon roman : *le Premier Jour de la jalousie.* Cela vous plaît ? »

Un instant de bonheur

Je restai là, misérable, dans ma suite de l'hôtel d'Angleterre. « Il faudra songer à faire réparer cet accroc de pantalon », pensai-je, puis je perdis mon regard vers les toits roses de Rome, délavés par l'orage.

BRASERO

Un enfant se mit à crier du dernier étage de l'immeuble. En entrant avec son sac de voyage dans la cage d'ascenseur, Mona eut l'étrange sensation de basculer dans un monde qu'elle avait cru oublié, celui de la solitude et des cinémas du dimanche après-midi avec cornet praliné-pistache en guise de lèvres à effleurer. Elle venait de quitter un homme et ne savait pas à cet instant ce qu'allait être sa vie. Elle n'imagina rien. Elle pensa qu'elle irait rendre visite à son frère aîné, celui qui travaillait dans une imprimerie.

Arrivée sur le périphérique, elle alluma la radio de sa vieille Rover, qui se cala aussitôt sur sa FM préférée.

En fait, elle n'avait pas eu le temps de discuter. *On* lui avait mis en tas toutes ses affaires dans l'entrée, ses chaussures, ses collants, ses jupes, jeans et sous-vêtements, quelques CD et un bouquet de roses séchées, souvenir d'un anniversaire. Le *on* avait un prénom, Bjork, et pendant qu'elle engouf-

Un instant de bonheur

frait son pécule dans le sac noir, l'homme s'était fait couler un bain, avait allumé un cigare et était resté allongé dans l'eau tout en jetant de temps à autre un œil condescendant vers le salon où Mona était en train de mettre un terme à leur histoire. Sans avoir à tourner son visage vers la salle de bains, elle sentait sa présence.

Elle décida qu'à partir de cet instant elle détesterait les prétentieux comme lui, fumeurs de havanes de surcroît. D'ailleurs, aucun de ses amis ne fumait le cigare... Ils préféraient, tout comme elle, quelques joints à trois feuilles croisées de papier gommé ou des kilomètres d'américaines extra-light. Consciente de sa faible mémoire, Mona essaya de se concentrer sur ce qui était en train de se passer et rapidement d'imaginer quel objet elle pourrait oublier qu'il lui serait compliqué, à partir de maintenant, de venir rechercher.

L'homme dans la baignoire affichait un vague sourire pendant qu'il tirait de larges bouffées de son havane. Il avait gardé une main hors de l'eau pour ne pas mouiller les feuilles de tabac. Il jubilait : lui qui se prélassait dans une eau parfumée au jasmin et Mona, à genoux, obligée de fuir une histoire qui avait duré presque un an.

C'est à ce moment-là que la sonnerie du téléphone retentit. L'homme espéra que le répondeur fût branché, Mona n'espérait rien. Très vite, le sourire changea de visage puisque l'homme avait compris qu'il devait sortir de son bain, se ceindre d'une serviette-éponge, mettre de l'eau partout dans le salon pour atteindre le téléphone. Perdre de sa superbe en somme. Il s'exécuta et commença à tousser pour se donner une contenance. Avant qu'il eût terminé sa conversation, Mona ouvrit grandes les fenêtres pour que le vent d'hiver vienne recouvrir de gel le type qui l'avait congédiée. Elle claqua la porte et se retrouva face à sa vie.

Sur sa FM préférée, on diffusait une chanson, *Stupid Girl*. Mona chanta à tue-tête le refrain et se donna un petit coup de frais sur le visage en baissant la vitre de la voiture. « Il ne manquerait plus que je tombe en panne », psalmodia-t-elle en restant dans le ton de la chanson. Elle allait devenir attentive aux stations-essence, ne sachant pas pour le moment sur quelle autoroute s'embarquer. En fait, se dit-elle, je suis une fille libre, libre de rire, de chanter, de rouler la fenêtre ouverte, d'aller vers la mer, la montagne, les corons du Nord, d'aller voir mon imbécile de frère, d'aller me faire une soirée dancing ou une rave-party avec des copains... Lorsqu'elle aperçut une station-service, juste avant une bretelle conduisant à l'A1, vers le nord, elle se rendit compte qu'elle avait oublié quelque chose qui, à l'instant même où elle s'apercevait de son absence, prenait une importance extrême : un petit miroir à trois faces, pliant. Elle savait où il se trouvait niché et décida de téléphoner à Bjork après avoir fait le plein d'essence. De la neige fondue s'était mise à tomber qui auréolait, grâce à la nuit,

Un instant de bonheur

les néons de brouillards colorés. Un gros van bleu-outremer était arrêté à sa hauteur, de l'autre côté des pompes. Elle se dit qu'avec cette température elle avait bien fait de mettre un blouson de cuir avec col en fourrure synthétique, un jean et ses bottes mexicaines. Elle choisit *Super 98* puis fixa, un instant, son regard sur les chiffres électroniques qui défilèrent.

Le type du van, habillé d'un costume noir en alpaga qui bâillait de partout, les cheveux plaqués sur le crâne comme une crêpe de sarrasin, était obèse. Un chien au poil clair l'attendait sur la banquette pendant qu'il remplissait son réservoir. Une musique stridente perçait les vitres fermées et Mona remarqua la présence d'une femme qui, s'étant sans doute baissée, venait de se redresser et se trouvait assise à côté de l'animal. Une femme avec un haut blanc. « On dirait une mariée », pensa Mona. Elle regarda à nouveau l'homme au costume sombre et se dit qu'ils sortaient sans doute d'une cérémonie. Lorsqu'elle eut terminé, elle prit ses clés restées sur le tableau de bord et fila vers les caisses, à l'entrée d'un self-service. Un jeune type, l'œil fixé sur des écrans de contrôle, l'attendait. Deux clients seulement, un samedi soir, ce n'était pas sorcier de brancher son attention sur l'essentiel, les humains. Pour cause de déficit momentané et incompatibilité d'humeur avec sa banque (Caisse d'épargne Aquitaine Nord), Mona n'avait plus de carte de crédit. Elle sortit un billet de deux cents francs de la poche de son jean, régla, et demanda où elle pouvait téléphoner. Le jeune type qui avait dû avoir des comptes à régler avec sa fiancée ou un félin de petite taille, frotta le sparadrap sur sa joue gauche avant d'indiquer l'arrière de la boutique, vers l'entrée des toilettes. Mona l'observa pendant qu'il rendait la monnaie et se demanda avec quel continent il avait été métissé, bien avant sa naissance, entre l'Afrique et les Amériques. En filant vers l'endroit indiqué, elle frôla un rayon où se mêlaient *Figolu*, quarts d'eau minérale, trois-revues-de-charme-pour-le-prix-d'une et bandes dessinées... Elle était en train de choisir une plaque de chocolat aux noisettes et raisins lorsque apparut dans la porte battante l'obèse du van, dans son costume de cérémonie, une chapka chinoise sur la tête. Il semblait gelé et, plutôt que de payer, demanda au métis où se trouvait le brasero pour qu'il puisse se « réchauffer les mains ». « Le quoi ? » demanda le jeune homme du comptoir, le regard toujours fixé sur ses écrans. « Si tu ne sais pas ce qu'est le *feu*, que fais-tu sur *terre* à respirer l'*air* qui t'est donné et boire l'*eau* que la nature t'a offerte ? » répondit sans agressivité excessive l'obèse. Mona laissa tomber le chocolat aux raisins et se dirigea vers la cabine pour composer le numéro du fumeur de cigares.

Elle trouva étrange que l'homme du van réussisse à placer dans une seule phrase le nom des quatre éléments. Elle décida de s'en moquer et ne s'inté-

ressa qu'à récupérer son miroir pliant à trois faces. Bjork tardait à répondre... Il est vautré dans la baignoire, se dit-elle. Au moment où il laissait enfin échapper un « allô » essoufflé, la femme du van, effectivement habillée d'une robe de mariée, surgit dans le magasin suivie d'un husky aux yeux gris. Mona avait juste dit « allô » et était restée en suspens. « Qu'est-ce que tu veux ? répondit Bjork.
— La mariée va nous tuer, dit Mona.
— C'est malin ! Tu veux quoi ?
— Il se passe quelque chose d'étrange. Je suis dans une station-service et... »
L'homme était déjà en train de décapsuler une bouteille de Perrier prise dans l'espace réfrigéré du mini-market lorsque la mariée avait fait son entrée. Elle dit à l'adresse du métis qui regardait la scène avec une certaine nonchalance : « Il veut se réchauffer les mimines mon gros ours, il a des engelures plein la peau, regardez, il boit parce qu'à l'intérieur, c'est un volcan, et dehors c'est les icebergs et tout glacé. Tu es gelé, hein Clovis ? » Clovis buvait à même le goulot une deuxième bouteille d'eau minérale, une maxi Evian. « Vous savez pourquoi les gitans aiment les braseros ? continua-t-elle en apercevant Mona au loin dans sa cabine téléphonique. Vous le savez ? » Le chien se mit à dodeliner, signe de bonheur et de frénésie, autour de la femme. Elle découvrit, en soulevant sa robe de dentelle, un bidon métallique qu'elle dégagea pour le verser calmement sur sa tête.

Brasero

« Elle vient de s'asperger d'essence, continua Mona au téléphone...
— Tire-toi de là, dit Bjork, file de là, viens me retrouver, je t'attends au *Canon* place de la Nation, à la sortie du périf. Viens... »
La mariée, cheveux dégoulinants, qui ressemblait à présent à une sorcière trempée, s'était plantée devant le néon rouge de la vitrine qui vantait la bière Budweiser. Elle balança avec fracas le bidon vide par-dessus les horloges-souvenirs et poursuivit... « Je suis une mariée toute neuve... » Clovis glissa la main à l'intérieur de sa veste noire et en sortit un revolver mat qu'il pointa aussitôt vers la femme. « Il est vide, mon pauvre amour. Tu m'as tuée en m'épousant aujourd'hui et personne n'a droit à deux morts, c'est la loi du monde, Clovis, tu connais les Commandements, tu ne tueras pas deux fois... »
L'homme contourna un des étals pour la rejoindre. « Oui, approche, viens te réchauffer, Clovis, brûle-toi à ma peau... » La femme se rapprocha du néon et, en un quart de seconde, le verre incandescent enflamma l'arrière de la robe. Une torche de feu remplaça la mariée, les cris et les paroles. Un souffle et des crépitements. Elle fit deux pas pour venir s'étaler au milieu des magazines et des bandes dessinées qui s'enflammèrent à leur tour. L'obèse jeta son arme, empoigna des bouteilles d'eau pour les jeter avec violence comme en exorcisme sur la femme qui se consumait. Ce serait son dernier geste

Un instant de bonheur

de la journée : faire semblant de vouloir sauver la femme qu'il venait d'épouser. Le métis s'empara du téléphone et composa le 18 des pompiers. Mona frottait l'ébonite du téléphone contre sa tempe et semblait paralysée. Un mauvais nuage noir s'accrocha au plafond du magasin. L'obèse appela le husky qui hurlait, puis il s'agenouilla. Mona fut certaine qu'il pleurait. Avant de raccrocher, elle demanda à Bjork : « C'est quoi le *Canon* ?

— Une brasserie, près du périf, tout le monde connaît...

— Pas moi. » Elle raccrocha.

Mona sortit de la boutique où l'incendie gagnait son espace naturel. Des flocons avaient remplacé la neige fondue. Avant de reprendre sa voiture, elle jeta un œil sur le siège avant du van. Elle eut un sourire. Un petit miroir à trois faces était déplié sur la moleskine près d'un bouquet blanc. « Je suis une femme libre, libre de rire, de chanter, d'aller vers le sud ou les corons du Nord », murmura Mona en regardant son visage sous tous les angles.

Sa FM préférée diffusait une chanson des années soixante. Sans mettre de clignotant elle quitta le périphérique à la première bretelle qui donnait accès à l'autoroute, et la voiture fit une légère embardée lorsque la jeune femme accéléra vers le nord.

NOTRE DAME
D'AUBERVILLIERS

Le 24 décembre, un peu avant huit heures, Marianne n'avait pas encore allumé la radio pour écouter les nouvelles. Elle attendait que la bouilloire électrique disjoncte automatiquement vers les quatre-vingts degrés pour verser l'eau bouillante sur son Nescafé 100 % *Arabica*. Un bruit inhabituel du paysage sonore la fit s'approcher d'une des fenêtres, côté canal. Une péniche était plantée là, immobile, tandis qu'un marinier frappait à grands coups de pic la glace qui les emprisonnait, lui et son bateau. « Finalement, le canal a gelé », pensa Marianne. Elle alluma la radio.

Même matinée.
Noredame a passé la nuit dans la cabane jaune des cantonniers, sous la nationale qui mène de l'autoroute du Nord à Aubervilliers et enjambe le canal Saint-Denis à cet endroit. Depuis trois jours, il n'a avalé que du froid, une indigestion de gel avec

Un instant de bonheur

l'estomac qui se tord et une envie de vomir. Mais ce matin, son corps ne fait même plus écran, le froid est le même, à l'intérieur comme à l'extérieur. Sa peau est un oubli, une histoire ancienne. Par réflexe, il met le feu au broc en émail qu'il a bourré la veille de journaux et de cartons et étend les mains au-dessus de la flamme, puis regarde les traînées blanches qui se forment sur les paumes et les doigts.

Enfin, il songe au mandat. Se rendre à la poste, demander pour la énième fois à cette fille, une petite brune aux cheveux longs, s'il n'y a rien pour lui. Elle est sûrement la seule à Aubervilliers et dans toute la Plaine Saint-Denis qui sache son nom – Noredame –, et même, qui ait envie de jouer avec. Une manière comme une autre de montrer un intérêt qui ne porte pas à conséquence. *Notre Dame*, lui dit-elle quand elle l'aperçoit de l'autre côté des guichets. Et son sourire est presque un cantique.

Un type dépenaillé est debout à l'entrée du bureau de poste. Il ouvre la porte aux clients et incline la tête en remerciement de l'éventuelle pièce qu'ils auront le temps de préparer au moment de ressortir. Lorsqu'il voit Noredame s'approcher avec son bonnet de ski vert et noir, le type regarde ailleurs, c'est-à-dire nulle part. Entre gens qui portent les mêmes initiales du malheur tatouées sur le corps, le visage, les vêtements, on ne se salue pas. Rien à attendre, sinon du vent, du vide, de l'inespé-

Notre Dame d'Aubervilliers

rance... Et puis un reflet, dans un monde sans miroir, c'est si brutal qu'il faut l'assassiner aussitôt.

Avant de se diriger vers le guichet 3 de la Poste restante, Noredame reste un moment vers la table des minitels et fouille dans son unique poche de manteau. Il se dit qu'il faudrait trouver une pièce d'identité, et il aime jouer à chercher ce qu'il ne possède pas, ça occupe un peu, faire semblant d'être un autre. Il remonte une boîte de pilchards, un morceau de sucre, des allumettes, une portion de fromage, du tabac... Ça sent l'étable, l'âne et le bœuf, normal c'est Noël, pense si fort Noredame qu'il croit l'avoir murmuré.

De l'autre côté des guichets Marianne l'aperçoit, il a encore maigri, se dit-elle. Comment est-ce possible une telle maigreur ? Elle fait glisser son siège à roulettes pour aller fouiller dans le casier de la poste restante. Elle s'y prend à deux fois, mais la pile est muette. Plutôt que de revenir à sa place, la jeune femme contourne les comptoirs et surprend Noredame. « Bonjour *Notre Dame* ! Je viens de regarder, je suis désolée, il n'y a rien... Ce soir, revenez ce soir avant sept heures. » Elle tire une pièce de dix francs de sa poche de veste. « Buvez un café ou quelque chose de chaud », lui dit-elle. Il prend le cadeau et regarde la pièce blanc et or dans le creux de sa main. C'est chaud. Il pense à un morceau de nid, et la main de la fille comme une plume. Il veut chuchoter quelque chose, un merci avec la bouche qui s'étire et remonte à chaque commissure vers le haut, oui, un sourire. Mais la fille aux cheveux noirs est déjà repartie vers son guichet. On ne peut jamais dire les choses du bonheur à voix haute... Devant les autres. Non, on ne peut pas. Je ne sais même pas votre prénom, voudrait dire encore Noredame. Tout a été si rapide. Il ne faut pas que ça se bouscule comme ça. Je ne peux pas suivre quand tout va trop vite, les mots, les visites...

Il reste là un moment, comme s'il y avait eu un début et que la fin se soit éteinte. Il a souvent vu ça, un morceau de monde qui s'organise pour fabriquer un joli dessert et c'est un volcan qui se met à vomir. Vers la sortie, le contre-jour de la vitre fait commettre une erreur au portier d'occasion qui croit entr'apercevoir un client ordinaire et c'est à Noredame qu'il ouvre grand la porte. En guise de merci, celui-ci exhibe sa pièce en disant simplement : « Café ! »

Sur le trottoir de l'avenue Edouard-Vaillant traversée de guirlandes, on voit déambuler deux astres morts, l'un orné d'un bonnet de ski, l'autre d'une écharpe brodée aux couleurs d'un club de football. « C'est moi qui entrerai chercher les cafés, t'es trop moche », dit soudain le portier.

Marianne sait qu'elle sera seule ce soir. C'est décidé depuis des semaines. Elle a menti à tout le

Notre Dame d'Aubervilliers

monde, disant aux uns qu'elle était chez les autres et à ceux qui posaient encore des questions qu'elle détestait les réveillons. Une chose vient de la rassurer : à la dernière distribution de l'après-midi, une lettre pour *Notre Dame* est arrivée. Pas un mandat, une lettre. Qu'est-ce qu'une lettre peut changer lorsqu'on est exténué, se demande-t-elle. Un sursis, une récré ou pire, une raison supplémentaire d'aller plus loin encore vers le rien. Qui, sur cette terre, peut écrire à Noredame Zaoui, Poste restante, 93000 Aubervilliers ? Notre Dame-loque, Notre Dame-cauchemar. La lettre vient de Montpellier, France. Une ex-fidèle, sa mère, une assistante sociale ? Marianne a les pensées qui se dispersent en paquets de sentiments dans lesquels s'interposent des coups de tampons, sourires et demandes de procuration...

Lorsque le bistrotier lui a dit : « c'est Noël, cadeau ! », le compagnon éphémère de Noredame a rempoché la pièce de dix francs qu'il venait de tendre et est ressorti avec les deux gobelets en plastique blanc remplis de café. Plus tard, ils se sont quittés à la station Aubervilliers-Quatre-Chemins. En s'endormant, Noredame a pensé au mandat qui arriverait ce soir, alors il achèterait du poulet grillé, un côtes-du-rhône et un... Il ne sait plus le mot, oui, une forêt-noire et un camembert. Voilà, c'est ce qu'il va garder toute la journée devant les yeux comme une vitrine d'égoïste.

Un instant de bonheur

Sans cesse, Marianne regarde sa montre. Six heures passées... Pourvu qu'il n'oublie pas, qu'il ne soit pas transi de froid, que personne ne l'ait battu, qu'il n'ait pas glissé contre une arête de trottoir... Après deux lettres recommandées pour les Comores, elle se dit que les veilles de Noël doivent dispenser des particules invisibles d'empathie et qu'elle vient, sans s'en rendre compte, d'en être victime, comme si un nuage fortement dosé était entré dans ce lieu où le cœur des choses et celui des gens sont censés se nouer.

Comme boxé de partout, Noredame fait une pénible apparition à cinq minutes de la fermeture du bureau. Le regard dans le monde anesthésié du froid, il se dirige vers les guichets. Marianne offre un sourire, ersatz de mots qui n'ont plus à être prononcés, elle exhibe la lettre, alors qu'une femme demande si les timbres François Mitterrand sont disponibles. « La première semaine de janvier », répond-elle en se levant pour couper court et rejoindre Noredame. La femme aux timbres dit d'une voix plate « le plus important, c'est de les écouter... » Noredame prend sa lettre, regarde Marianne et murmure « mes mots sont perdus... » Elle voudrait faire un geste, ne sait pas, n'ose pas. Elle dit « c'est quoi votre envie aujourd'hui ? Votre

Notre Dame d'Aubervilliers

rêve de cadeau ? » Lui, si loin, une hallucination, il se voit dans un brouillard, rêve, souvenir, il sort d'une baignoire, une cheminée crépite, il lâche au hasard, « un peignoir... Un peignoir bleu. – Un peignoir bleu », répète Marianne qui sait que, dans un instant, Noredame va disparaître avec la lettre qu'il tient serrée contre le revers de son col.

Lorsque, après la fermeture, elle se retrouve dans la rue, elle espère apercevoir le bonnet de ski de Noredame. Soir d'exception, lui proposer de venir chez elle, cadeau, lui offrir de son temps et de son espace. Elle s'en veut, elle aurait dû décider tout de suite, lui dire, ne bougez pas, je reviens avec ma voiture vous chercher... Le froid la mitraille, elle recouvre le bas de son visage avec une écharpe et regrette de n'avoir pas mis de socquettes par-dessus ses collants, ses bottines sont glacées. Vitrines surchargées, elle fait confiance à la lumière des néons et se dit qu'un soir pareil il ne peut pas s'en retourner comme ça vers les allées et recoins sombres. Si elle marche jusqu'à la fermeture des boutiques, forcément, elle va le retrouver. Son peignoir bleu, elle va l'acheter et ce sera sa manière de lui dire qu'il a de l'intérêt pour elle et qu'il est quelqu'un à qui l'on pense lorsqu'il est absent. Elle est tellement certaine du scénario de son désir qu'elle entre au *Prisu* de la rue des Entrepreneurs. Les peignoirs sont pliés, des blancs, des noirs et gris brodés. Les bleu azur (la nuance exacte qu'elle a visualisée lorsque Noredame a parlé) sont suspendus sur des cintres. Elle vérifie la taille, choisit le plus grand. Elle imagine Noredame toucher le tissu-éponge, plonger la main à l'intérieur des plis et prendre du temps pour profiter du présent. A Noël, c'est comme ça, les destins se mêlent par la foi et l'unique volonté. Armée de cette certitude, Marianne demande un paquet-cadeau, quitte tout excitée le magasin et part à la recherche de Noredame.

Noredame est déjà loin, en route vers le canal gelé. Il n'a pas ouvert la lettre, il veut être seul, sans le bruit des voitures, sans le froissement du papier-givre, sans les odieux Père Noël qui soulèvent les enfants.

Il a reconnu l'écriture de sa mère. Comme chaque fois, il veut lire et relire, prendre chaque mot tel un sirop, le laisser couler le long des yeux pour le sentir ensuite entrer délicatement dans le corps et ramper sous la peau. Pourtant, il trébuche plus que d'habitude, trop de nuit, à l'intérieur, à l'extérieur, et ce chargement de papier et de carton qui déborde de son manteau pour le faire ressembler à un épouvantail à corbeaux ! Noredame sent que ses forces disparaissent, que c'est la mécanique du corps qui fait encore tout avancer, vers le dernier désir pour lire les seuls mots du monde qui apaisent : les gerçures et le froid au ventre, la nuit gelée et la peur.

Notre Dame d'Aubervilliers

Lorsqu'il glisse le long du pont vers la cabane jaune des cantonniers, Noredame décompte ses pas. Cinq, quatre, trois... Le refuge est là. Il n'y aura pas à aller plus loin. Allumer les morceaux de carton, lire les mots. A l'intérieur, il s'allonge et après avoir décacheté l'enveloppe, il fouille dans la poche-dépotoir pour en extraire une allumette. Une bande de carton arrachée d'une boîte à chaussures fait l'affaire, la lettre se déplie et la flamme qui monte offre à Noredame ce qu'il désirait plus que tout, la caresse de mots qui avaient toujours su embellir la vie. Alors, son cœur se met à battre et il se dit, ça doit être comme ça, la dernière minute. Il voit une petite maison blanche au milieu d'une marina où des bateaux oscillent du matin au soir, dans la pièce du haut, une lunette d'astronomie pour observer les autres mondes et, sur le balcon, une femme qui épluche des haricots.

« Noredame chéri... »

25 décembre. C'est allongée sur le divan que Marianne se réveille, il est huit heures, l'habitude. Elle a mis le contact de la bouilloire électrique avant d'allumer la radio. Le journal commence par un hit-parade des températures négatives. Moins vingt et un dans le Doubs, la Petite Sibérie, qui dit mieux ! Juste après, d'une voix où se mêlent compassion et ton sentencieux, le journaliste assène une nécro de circonstance : « Omar Boutheici, 44 ans,

Un instant de bonheur

Louis Bone, 58 ans et Louis Gunzle, 62 ans étaient SDF. Ils viennent de mourir de froid. Le premier, la peau sur les os, a été retrouvé à la station RER de Nanterre. Louis Bone se trouvait, lui, dans une grotte de Ricey Haute Rive dans l'Aube. Quant à Louis Gunzle, c'est dans un local désaffecté du centre-ville de Metz, en Moselle, qu'on l'a découvert hier matin. Hypothermie pour les trois. Ces décès portent à vingt-huit le nombre de morts causés par la vague de froid et la misère depuis le début de l'hiver en France. »

A quatre-vingts degrés, la bouilloire émet un sifflement. En noyant ses granulés de pur *Arabica*, Marianne se dit que demain elle offrira son cadeau à *Notre Dame* et qu'enfin elle verra un sourire sur son visage. Mais où est-il ? se demande-t-elle soudain impatiente. Hier, elle a marché jusqu'à minuit. Elle va vers la fenêtre, une tasse à la main, et interroge ce monde blanc, transparent, où seules quelques lignes désordonnées – les arbres sombres du canal – se dressent vers un ciel absent. Comment deviner que Noredame habite cette absence de ciel et, comme n'importe quelle étoile, reste invisible lorsque le froid est violent ?

ŒILLET FANÉ

Les deux garçons firent un geste vers la vieille et je ne pensais à rien. A ma mère, peut-être, qui se plaint que, dans le métro bondé, personne ne se lève pour lui donner une place. Alors, ma mère voyage debout dans l'autobus et le métro et elle enrage contre les familles. Elle n'a mal ni aux jambes, ni aux pieds, elle est seulement fatiguée de vivre depuis longtemps, et tant d'années de vie devraient donner le droit de voyager assise. En démocratie polie.

Lorsque les deux garçons ont levé les bras vers la vieille, juste en face d'un bâtiment moderne de la Sécurité sociale, je n'ai pu voir que leurs grosses chaussures noires renforcées et un T-shirt large et long marqué *Alabama*. La vieille a couiné comme si on l'égorgeait, la peur plus la douleur. Pour la douleur, je n'ai pu m'en apercevoir qu'après. La vieille a crié, une vieille femme noire vêtue d'un ensemble clair avec de la broderie dorée autour des boutons. Lorsqu'elle fut à terre, les deux garçons se sont mis

Un instant de bonheur

à courir. Foudroyée, un éclair, le tonnerre à quatre mains qui venait de lui arracher ses boucles brillantes. Comment savoir si le brillant est dû à l'or et aux pierres fines, n'importe quoi peut briller à pas cher. Alors, ils ont arraché les pendentifs à même ses lobes d'oreilles percés, sans plus de précaution, un carnage. Ils ont tiré et les lobes ont éclaté comme deux grenades, le sang a giclé sur l'ensemble clair avec les broderies, et la vieille a tenu à tomber aussitôt sur le trottoir.

J'ai encore pensé à ma mère qui n'a rien à se reprocher. Pendant la guerre, elle était jeune fille et cueillait les noisettes dans les haies qui bordaient les pâturages alors que les Allemands brûlaient l'église de son village. Elle n'a rien à se reprocher de ce côté-là. Ni après, car elle fut militante catholique jusqu'à ce que Dieu se taise dans sa tête. Elle servait le goûter des vieux comme si elle n'avait été créée que pour ça : donner des petites joies aux vieillards. En plus, elle était belle et jeune, avec des jambes magnifiques. Et le cadeau, au-delà du goûter et des prières catholiques, c'étaient les jambes magnifiques de ma mère qui allaient et venaient avec des kouglofs, des brioches et des tasses de chocolat *Van Houten*.

Longtemps, elle a offert son temps aux vieux de la ville où je grandissais, avant de venir me rejoindre – étudiant à Paris – parce que j'étais son fils unique. Moi, je ne lui avais pas demandé de venir, mais ça m'avait fait plaisir. Veuve à quarante

Œillet fané

ans, elle était belle et surtout très jeune de visage. Les hommes avaient envie de rencontrer une femme comme elle et ils ne se gênaient pas, lorsque la chance leur offrait ma mère sur la route, de faire les malins pour qu'elle les regarde. Je sais qu'ils auraient voulu la garder avec eux, qu'elle leur donne des kouglofs, des brioches et du chocolat *Van Houten*, comme s'ils avaient été déjà vieux.

Mais ma mère ne suivait pas les hommes, ni dans le métro, ni dans les salons, là où ils l'invitaient. Elle suivait sa voie, c'est ce qu'elle disait, et ça signifiait : je n'ai plus de mari, plus de petits vieux, plus de prières catholiques, et ma voie, c'est moi. J'ai raté ma seule histoire d'amour – c'est ce que disait ma mère à propos de son mariage avec mon père – alors, je ne me laisserai jamais alpaguer par une histoire potentielle, il n'y a plus qu'une chose à venir, ma vieillesse, l'extinction de ma beauté et l'oubli de mon côté bonne âme de Se-Tchouan.

Jetant ses regards sur un monde dont elle finissait par se moquer, ma mère, à la mort de mon père, est devenue une femme autonome. Elle avait réussi à calmer sa compassion, à la figer sur sa poitrine, comme on porte une croix de guerre, et si son cœur battait encore pour le malheur d'autrui, elle préférait s'adonner aux séances de cinéma, aux parties de Scrabble ou à l'entretien des fuchsias de son balcon.

Seul avec mes pensées, j'aurais peut-être parlé de moi, mais à cause des lobes d'oreilles de la femme

Un instant de bonheur

noire qui se trouvait affalée sur un trottoir du dix-neuvième arrondissement, non loin de la Cité de la musique, le tailleur clair maculé, je me suis oublié pour voir ma mère en filigrane derrière la vieille femme noire. Pour rester encore un instant avec elle, j'ai envie de parler de son parfum. Un parfum de mère qui recouvre chaque objet de son appartement, les meubles, les instruments de cuisine, les tapisseries dont elle a orné chaque pièce. Même la chaîne Hi-Fi que je lui ai offerte sent ma mère, une chaîne Sony fabriquée au Japon et qui évidemment n'a rien à voir avec elle. Mais les transistors, les disques laser, tous ces beaux gâteaux technologiques sentent le parfum citronné de ma mère. Les vraies mères répandent des parfums partout où elles se rendent, c'est leur marque de présence, une signature : une mère est là, sentez-la !

Je me suis penché vers la vieille femme noire et, avec l'aide d'un bijoutier chinois du quartier, nous l'avons transportée dans la brasserie la plus proche. Le Chinois ne voulait pas voir de sang sur la moquette de son magasin. Il a vite gambergé que les brasseries sont équipées de mosaïque à cause de la quantité de cafés, de bières et de blancs limés servis dans la journée. Alors que le bijoutier chinois avait misé, lui, sur le client aisé et rare, pour qui l'épaisseur du tapis n'est pas superflue afin que la transaction demeure feutrée. Une rencontre silencieuse entre carte Premier et moquette cossue.

La vieille dame se lamentait et les clients de la

Œillet fané

brasserie ont défilé comme s'il s'agissait d'une morte. Finalement, quelqu'un a demandé si *on* avait au moins songé à appeler Police-secours. Le gérant en fit une affaire personnelle : « *On* vous a sûrement attendu pour téléphoner... » lança-t-il, avec un air où pesaient les sous-entendus. Un type au visage sec, avec des nuages de pellicules sur son veston, chuchota quelques mots désagréables sur les Noirs, les étrangers et les Allemands en particulier. Le barman apporta une mallette blanche marquée d'une croix rouge. Lorsqu'il l'ouvrit, on put découvrir un jeu de tarots, un flacon d'éther et des cadavres de blattes. Il demanda si quelqu'un avait du coton et on haussa les épaules autour de lui. Un client prit alors un napperon sur une table et le roula dans le creux de sa main. La vieille dame hurla à nouveau lorsque le garçon lui effleura l'oreille avec la boule de papier imbibée.

Je parlai du T-shirt *Alabama* aux policiers qui venaient d'arriver et l'un d'eux envoya un message par talkie-walkie. La vieille dame ne voulut pas monter dans le car de police, et lorsque nos deux dépositions furent enregistrées elle insista pour que ce soit moi qui la raccompagne chez elle. « J'ai peur, me dit-elle, tout le temps, lorsque je me réveille, dans les ascenseurs, quand je sors de la poste ou du Félix Potin... »

Arrivée dans son appartement, elle ne voulut pas retirer le tailleur sur lequel du sang formait une kyrielle de petites croûtes sèches. Pas plus qu'elle

Un instant de bonheur

ne voulut s'asseoir. Alors, elle sortit délicatement un violon de son étui, lentement, comme si le temps lui eût appartenu à nouveau, que le monde de la jungle et des amazonies fût momentanément resté à la porte de son immeuble et elle se mit à jouer un morceau très enlevé qui ressemblait à du Vivaldi, son lobe d'oreille déchiqueté posé sur le bois de l'instrument, comme un œillet fané.

LA SECONDE MORT
DE WERTHER

C'est l'avenir que je ne pouvais garder pour moi. J'en parlais à tout moment. Il fallait, bien avant qu'il ne survienne, en prendre les mots, le raconter, et je voyais poindre des villes géantes avec des phalènes qui se bousculaient autour des lampadaires ; la nuit bien sûr.

L'avenir chez moi se passe de nuit. C'est une manie de ne voir les choses mortelles que dans l'obscurité.

Il y avait, dans une de ces villes, une femme que j'aimais et son visage m'apparaissait blanchi au tungstène des projecteurs et des néons. J'aimais cette femme. C'est bien sûr une clause de style d'utiliser ce mot puisque je ne sais pas ce que signifie aimer : je veux dire aimer de l'intérieur du corps, avec l'élan et l'inquiétude. Dans l'avenir donc, une femme m'aimait et je l'aimais et il n'y avait pas d'arrachement entre nous. De la tranquillité, une mort à vivre ensemble en se tenant par la main. Souvent elle prononçait ce mot, paisible.

Un instant de bonheur

Cette femme, je ne la voyais pas courir dans des prairies ou près des lacs. Jamais en train de marcher sur un bord de mer. Elle se trouvait dans une chambre auprès d'un homme, moi sans doute, et une ville serpentait tout autour. La rumeur, les voitures, la douce musique des moteurs nous rassuraient des tempêtes de sable ou du creux des vagues où s'abîment les tankers de pétrole. Il y avait peu de mots, seulement des gestes, des regards, des traces de griffes anciennes sur la peau et des vêtements chiffonnés pour avoir été souvent enlevés, remis, caressés, respirés. Cette histoire future était si évidente que j'en percevais les odeurs et les bruissements et je pressentais que ce devait être cela l'amour. Des odeurs et des bruissements.

Pourtant, au début, j'avais souhaité qu'il y ait et la tranquillité et la sauvagerie. L'amour, ce devait être une extravagance, n'est-ce pas, un typhon, une insécurité, une douleur... Et puisque je me laissais aller à imaginer une histoire qui n'existait pas encore, n'était-il pas plus commode d'en gommer l'intransigeance et le mal ? Et c'est bien de cette manière que je pensais sortir indemne d'un amour inédit, invisible et muet. Cette femme, je la voyais prononcer des mots que je ne percevais pas, des mots qui se dessinaient sur sa bouche et que je sous-titrais à ma volonté. « Mon adoré, mon promis, mon bel amour », disait-elle, et ces mots me caressaient, je les sentais m'envahir et me protéger. J'aimais surtout cette communion de silence où, sans avoir à

La seconde mort de Werther

exprimer quoi que ce soit, désir ou réprobation, je devinais. Pourtant, j'avais toujours imaginé que le bonheur devait être une calamité et, là, je me voyais amoureux d'une femme unique, sans désir d'autre visage, d'autre sexe, d'autres regards que les siens... Nous faisions même appartement commun, avec vue sur la ville, sans qu'à aucun moment sa présence puisse gêner mon écriture, mes réflexions ou ma culture abdominale du matin. C'était à ne plus se reconnaître tant le futur transforme un homme ! Quand je songeais à toutes ces filles qui étaient passées entre mes doigts comme les pages d'un livre que l'on ouvre et que l'on referme à volonté, j'étais épaté par la quiétude que cet amour nouveau – à venir – était capable de m'offrir. Cette femme était une femme, pas une freluquette à collants avec un plan de métro à la main et vivant dans un studio au bord du périphérique. Une femme qui aime Vivaldi, Fauré, qui a lu depuis longtemps *les Liaisons dangereuses*, les a oubliées, sait que l'invisible est ce qu'il y a de plus important entre un homme et une femme – ce qui ne s'inscrit nulle part, dans aucun agenda ni sur aucune photographie. Depuis longtemps, elle avait oublié ce qu'étaient la mode, les marques d'alcool, le dernier film à voir, le livre à lire, le visage à reconnaître. Pourtant elle était de son époque puisqu'elle savait distinguer un flagorneur d'un artiste, une longue rédaction d'un roman.

Elle disait : *la poésie, c'est faire part au monde de sa propre rencontre avec l'existence*. Pour cette

Un instant de bonheur

phrase dite par elle, j'avais fermé les yeux et cessé de me poser des questions à son sujet. Elle était la femme, cet ensemble de carbone et d'intelligence détaché depuis des milliards d'années d'une étoile et que l'univers m'offrait, quelques décennies avant de mourir, pour m'apprendre ce que signifiait être relié à la lumière, regarder passer le temps pour ne songer qu'à l'éternité. Longtemps je l'appelai Jeanne à cause d'une actrice, puis ce fut Marie à cause d'une autre actrice. J'en étais à présent à Hanna pour une caissière de la rue Heidel, un cinéma spécialisé dans les films expressionnistes.

Je me trouvais à Berlin lorsque j'entrepris de tracer avec toujours plus d'acuité les séquences de mon avenir amoureux et j'annonçai à Werther que les jours qui me restaient à vivre seraient merveilleux. Il me questionna aussitôt sur cette femme improbable, me demanda son visage, son âge. Je lui répondis que ces détails n'avaient pas d'importance. En amour, ce qui compte, ce sont les mots que l'on ne prononce pas. Je l'envoyai au-delà d'*Unter den Linden*, dans les petites rues crasseuses qui fourmillent près de la Friedrichstraße, respirer l'odeur de soufre de l'ex-Berlin-Est. Ce mot de l'Est représente pour ma mémoire ce qu'est l'avenir dans mon imagination : deux oppressions, l'une réelle, l'autre fictive, qui dictaient leurs lois. Et c'est de cela que l'on peut le moins réchapper : l'insidieuse

La seconde mort de Werther

présence des dictatures qui n'ont de cesse qu'elles n'assiègent nos vies et nos rêves.

L'odeur du soufre restée collée aux murs malades de cette partie de la ville remettrait en mémoire à Werther ce qu'est le malheur. Je lui dis, pendant qu'il enfilait son pardessus, qu'il fallait toujours se servir de la crasse de la vie pour la faire entrer dans les brèches de nos rêves.

Souvent, Werther me questionnait sur cet amour d'un temps futur et je répondais que cette femme était un corps et une pensée et que je l'enlaçais et savais, en pénétrant sa peau, que rien de ses secrets ne pourrait me rester inconnu. Cet amour était l'amour puisque tout d'elle m'était accessible. Ses cuisses, son parfum, ses silences. J'avais souvent évoqué devant Werther les voluptés de cette liaison. L'euphorie qui m'envahissait chaque fois que Hanna me regardait, lorsque je la voyais bouger, que son corps traçait les signes de ses déplacements sur l'espace du monde. La nuit, ses yeux reflétaient les éclats de soleils lointains et je me sentais dans l'infini de l'univers rien qu'en observant son regard chercher une affiche de cinéma ou l'enseigne d'un restaurant où je voulais que nous allions.

Werther avait une petite amie, Charlotte, qu'il voyait presque chaque soir lorsque je n'avais rien à lui dicter. Il rentrait le matin soucieux et arrogant. Je lui posais des questions qu'il évacuait aussitôt en répondant que la vie n'est pas une sinécure. C'est le mot qu'il employait le plus souvent, sinécure. Un

Un instant de bonheur

jour, je fis lire à Werther dans un dictionnaire ce que signifiait justement ce mot : Charge ou emploi où l'on est rétribué sans avoir rien ou presque rien à faire. « Or, l'amour est un travail, Werther. C'est fastidieux, lui dis-je, et Rilke a bien raison de dire qu'il ne faut, dans l'existence, s'en tenir qu'aux choses difficiles. »

Ce matin-là, il rit car il était éreinté d'avoir marché toute la nuit dans Berlin à cause de son amie qui n'avait pas sommeil et avait voulu aller au cinéma, puis danser et finalement se promener dans le Tiergarten pour arriver juste sous l'arche principale de la Porte de Brandebourg voir se lever le soleil. « C'est une nuit blanche que vous avez passée Werther, pas une nuit de travail ni une nuit d'amour, lui dis-je. Une nuit imbécile à cause des caprices d'une emmerdeuse ! » Je ne mâchais jamais mes mots avec Werther car Charlotte devait être une bécasse qui riait pour un rien. Elle ne parlait que de stretch, de maquillage Shiseido, de voyages aux îles et d'huiles solaires, et il suffisait de prononcer Bayreuth ou Palestiniens pour qu'elle se fâche. Elle allait parfois jusqu'à menacer Werther de quitter l'Allemagne pour rejoindre un frère qui prétendait habiter l'hôtel d'Angleterre, à deux enjambées de la place d'Espagne à Rome. Lui, habiter l'hôtel des princes et des écrivains ! Je l'imaginais, moi, gardien, à l'entrée des studios de Cinecittà, regardant passer les acteurs et les actrices dans des limousines sombres. Le frère de Charlotte regardait passer les

La seconde mort de Werther

vitres teintées des voitures et ne rêvait pas même de prendre la place de ceux qu'il admirait, seulement celle du chauffeur ! Voilà ce qu'il était en réalité, le frère que Charlotte menaçait de rejoindre pour blesser Werther.

A l'instant où je savais Werther dans les rues lépreuses de l'ex-Berlin-Est, j'étais, moi, avec cette femme, Hanna, ma future, ma belle, mon aimée, celle qui ne me regardait pas vieillir, qui me pardonnait, qui n'avait jamais ces pensées malsaines qui m'assaillaient, moi, avec mes désirs de faire mal, de tuer, d'achever. Je la voyais cette vie à deux. Aussi vibrante que dans les romans, nonchalante et presque sans cruauté. Je me souviens qu'un après-midi d'automne, nous venions à peine de nous rencontrer, Werther et moi, il m'a demandé pour la première fois comment j'imaginais Hanna. « Une femme éloignée, lui dis-je. Oui, éloignée, vivant dans un appartement jaune et bleu avec un enfant assis sur le tapis d'un salon. Son enfant. Ils vivent là, dis-je encore, tous les deux, un petit homme et une femme. C'est le couple d'une mère avec son garçon et il n'y a que de l'amour entre eux. Jamais il ne se méfiera d'elle et il l'aime depuis si longtemps que leur histoire ne peut avoir de fin. C'est une certitude. Et elle a trop à faire avec cet enfant pour avoir les pensées d'un autre homme qui viendraient la troubler. C'est uniquement dans ses rêves, lorsque tout dort, elle et l'enfant, qu'un visage d'homme vient l'assaillir. Parfois il est cruel et elle

Un instant de bonheur

pleure de vraies larmes qui sont sur ses joues lorsqu'elle se réveille et elle s'en veut d'avoir encore rêvé de cet homme et qu'il ait réussi à pénétrer sa nuit. D'autres fois encore, tout est calme et elle se souvient plusieurs semaines plus tard, par hasard, de cet instant de douceur à l'intérieur d'un rêve qui ne l'a pas fait pleurer, qui ne l'a pas réveillée. Et elle se souvient que c'est comme cela qu'elle aurait toujours voulu aimer dans sa propre vie. Que le visage de l'amour soit celui d'un rêve qui ne réveille pas, que l'on croit avoir oublié, et qui revient, bien plus tard en mémoire comme quelque chose qui aurait failli ne jamais exister. »

Tout cela était dit, bien évidemment, pour séduire Werther. Mais je n'en croyais pas un mot. Je savais que l'amour est une barbarie, que brisent sans cesse en mille éclats les lois de la courtoisie et de la bienséance. On vit alors en plein acharnement, occupé sans cesse, et dans le même temps, à vivre et à mourir. Une seule fois dans ma vie j'ai eu à croiser cette terreur blanche. J'avais aperçu à la télévision un visage et j'y avais aussitôt mis tout ce que la lecture des romans, la vue des films m'avaient appris sur ce que je croyais être la femme que chaque homme – donc moi – a le droit, peut et doit rencontrer. J'étais tellement certain, dans le jeu des avatars de l'existence, que cette rencontre fatale devait se produire, que lorsque je vis ce visage sur l'écran de mon téléviseur, je sus aussitôt que j'étais un être normal puisque la femme que j'imaginais

La seconde mort de Werther

depuis si longtemps avait une image et que je venais de la rencontrer. Mais on ne se méfie pas assez des images. Que ce soient celles des magazines ou celles des écrans. Elles ravissent et entraînent dans la guerre les naïfs voyeurs qu'elles ont séduits.

Je n'aurais jamais dû chercher à rencontrer cette fille d'un écran de télévision, encore moins à lui parler. J'aurais dû fuir aussitôt, lors de notre première rencontre dans un café près de la tour Eiffel, quand j'évoquai Mozart et qu'elle avoua, avec détachement, détester Mozart. On était en plein bicentenaire et j'ai cru à une exaspération médiatique. J'ai avancé Wagner, puis dans un tout autre genre, Clapton, Led Zeppelin... Il fallait se rendre à l'évidence, elle détestait la musique et moi, au lieu de dire au revoir mademoiselle, d'enfiler mon trench-coat, puisque nous étions en hiver, j'ai pensé que cela n'avait pas d'importance et que j'aimerais la musique pour elle et pour moi.

Déjà j'espérais... J'espérais ce qui ne pourrait se produire, encore aveuglé par le scintillement d'une image. Et l'espoir, pour un vivant, est la pire des choses. L'espoir que ce qui ne va pas aujourd'hui puisse un jour, plus tard, s'arranger, est la pire des croyances. Le temps s'occupe parfaitement d'emmener tout à destination, c'est-à-dire, à destruction. Le deuxième principe de la thermodynamique aurait dû m'apprendre que l'anéantissement est ce vers quoi tend toute chose dans l'univers. Et moi, en pleine fin du XXe siècle, je me croyais

Un instant de bonheur

exempt des lois de la physique ! Au cours de nos multiples conversations, Werther, bien que plus jeune et inexpérimenté, mais féru de physique, aurait pu m'apprendre cela : le rapprochement des corps chauds ne peut qu'inéluctablement conduire à la tiédeur, au désordre et à la mort.

Personne dans l'enseignement, du cours élémentaire à la faculté, n'oserait venir mélanger l'amour au deuxième principe de la thermodynamique. D'ailleurs, celui qui énonça ce principe, Sadi Carnot, mourut jeune, fou, à l'asile de Charenton, à trente-six ans, hurlant d'angoisse dans une camisole de force. Abasourdi sans doute par sa trouvaille et persuadé qu'il resterait plus célèbre comme scientifique que comme celui qui venait d'apporter le désespoir à l'humanité, il pensa qu'il valait mieux en rester là, sortir du monde en un éblouissant désastre...

Mon désastre fut moins remarqué. J'épuisai mes forces à faire coïncider une image avec ce que la réalité m'offrait et je perdis le sommeil, l'appétit et l'ardeur à vivre. J'entrai alors à la clinique du docteur Chestonov qui me dit : « Vous avez fait un cauchemar immonde... – Immonde ? lui demandai-je, tant je trouvais inadapté son adjectif. – Oui, immonde, c'est à dire impur et obscène. L'obscénité, c'est vouloir toucher son rêve avec les mains... »

Quelques perfusions plus tard, les bras attachés aux fioles de verre et tranquillisé de partout, j'eus la

La seconde mort de Werther

lucidité ultime de divaguer, d'entrevoir quelques visages de femmes, des baleines bleues, des barbes de croyants, alors se présenta le visage de ma mère et j'eus le sentiment d'être guéri.

À la nuit tombante, Werther rentra épuisé de sa promenade dans l'ex-Berlin-Est. Il dit que j'avais raison, que l'odeur de soufre était restée collée aux choses, aux bâtiments, aux ruelles convergeant vers la Friedrichstraße, aux squares, aux Trabant dont certaines, m'assura-t-il, ont encore la plaque d'immatriculation DDR de l'ancienne Deutsche Demokratische Republik. « Devant la Porte de Brandebourg, dit encore Werther, il y avait des banderoles où étaient inscrits des prénoms croates et là, des hommes et des femmes faisaient une grève de la faim, sous des tentes kaki entourées de coupelles où étaient plantées des bougies. Près d'un brasero, un homme couvert d'une pelisse sombre vendait des casquettes de l'ex-armée soviétique. »

Werther ne me posa pas de questions sur la femme de mon amour à venir. Il sentait qu'il y avait là quelque chose qui ressemblait à un secret. Sans doute même pensait-il à un drame dont il percevait mal l'issue et il me laissa à cette certitude de mon futur sachant que les écrivains parlent le mieux de ce qu'ils n'ont pas encore vécu.

J'écrivais des lettres à cette femme, Hanna, je les écrivais moi-même, sans les dicter à Werther qui aurait sans doute ri de mes déclarations, et peut-être s'en serait-il servi pour faire état de sentiments

Un instant de bonheur

qu'il n'éprouvait pas à cette bécasse de Charlotte. Car, lorsque je lui ai proposé plusieurs fois de me parler d'elle, il ne sut que me trouver des mots sur ses jupes, son rouge à lèvres, son sourire, ses accoutrements. Jamais – pour la bonne raison qu'il ignorait tout de cela – il ne m'informa sur ses aspirations, ses passions, ses silences. Charlotte et Werther s'étaient plu, voilà tout, et ils s'en tenaient là. Une vague séduction qui les conduisait à se retrouver le soir pour dîner, faire l'amour, aller danser, jouer les malins au petit matin près de la Porte de Brandebourg au lever du soleil. Comme deux Eglises à bout de souffle, ils ne s'excommunieraient pas, se réservant seulement quelques mesquineries pour tenir l'autre en insécurité, mais rien devant l'éternité ou face à l'univers, seulement des paroles et des gestes qui auraient pu être répertoriés sur un carnet comptable... Du genre : *Aujourd'hui 2 décembre, j'ai marqué un point en n'ouvrant pas la bouche de la soirée...* Ou bien : *7 décembre, je n'ai pas voulu l'embrasser quand il est arrivé...*

Ni exaltation, ni malheur en somme, seule une courbe sans excès indiquant plus les mouvements d'humeur d'une cohabitation élective qu'une terreur de perdre l'autre ou l'extrême jouissance d'être un seul instant à ses côtés. Ni fusion ni fission : des molécules quiètes qui virevoltent et se frôlent sans jamais produire l'alchimie étrange de la nouveauté.

Ils restaient ainsi et Werther et Charlotte, intacts, sans accrocs à leurs cœurs ni à leur histoire, des

La seconde mort de Werther

amoureux retors mais polis, sachant que seule la chance les sortirait de l'ordinaire d'une histoire qui ne ferait qu'égratigner, sans jamais tuer.

J'avais trop vécu ce genre d'épisodes pour croire un seul instant que c'était à cela que j'aspirais pour transfigurer mon existence. Alors, puisque le futur était vierge, je ne pouvais imaginer l'amour qu'à venir. Débarrassé de son actualité, je le traçais harmonieux, dépouillé de son malheur, transparent...

Je reprends au début.

Dans l'avenir donc, une femme m'aimait et je l'aimais et il n'y avait pas d'arrachement entre nous. De la tranquillité. Elle prononçait souvent ce mot : paisible...

« Werther, votre Charlotte ne prononce jamais le mot paisible, n'est-ce pas ? » Il fit la moue et avoua qu'elle disait plus volontiers *fun* ou encore *génial*. Il ajouta que c'était une question d'âge et que Charlotte avait vingt-deux ans et qu'il lui semblait normal qu'à vingt-deux ans elle ne songeât qu'à découvrir le monde, les plaisirs et la frivolité... Il ajouta qu'elle priait. « Charlotte prie, dis-je étonné à Werther, elle prie qui ? quoi ? comment ? – Elle prie, c'est simple. Elle murmure des mots au vent, au soir qui arrive, au matin qui se lève, aux feuilles de l'automne, à la neige qui tombe sur les pans du vieux mur de Berlin, aux gens de l'ex-Berlin-Est qui marchent comme des clochards avec leurs sacs de plastique. Charlotte prie, monsieur »... conclut-il.

C'était bien la première fois qu'il me donnait du

Un instant de bonheur

monsieur. Sans doute pour profiter de cet instant où il découvrait que je prenais de l'intérêt pour Charlotte. J'eus du mal à cacher mon étonnement. S'il m'avait dit encore tout bonnement qu'elle priait, sans rien ajouter, j'aurais imaginé qu'elle récitait, sans penser à aucun des mots prononcés, de vagues litanies apprises par cœur chez les sœurs. Des simagrées, en somme. Le contraire de l'esprit religieux. Non, Charlotte avait trouvé à qui s'adresser lorsqu'elle priait, c'est-à-dire au monde. Aux choses, aux êtres, aux saisons, à la neige, au soir et au matin. Cette « bécasse » (qui à cet instant, pour moi, n'en était plus une) avait donc trouvé que chaque chose était reliable à soi, par la pensée, la compassion. Je m'en voulus d'avoir été si rapide dans mon jugement et dans un dernier doute, demandai à Werther si c'était lui qui lui avait appris à se servir de cette manière de l'univers. Il répondit que non, que sa manière à lui était plutôt l'astrophysique et le football.

On en était restés là.

J'avais donné à Werther cinq feuillets écrits le matin même. « Je les attends pour demain matin huit heures », lui avais-je dit sans ménagement. Un maître à son serviteur et qui parle avec la certitude de l'autorité, sans gentillesse particulière. J'avais tort, Werther était mieux qu'un simple dactylographe. Il avait soutenu une thèse d'histoire

La seconde mort de Werther

ancienne sur le millénarisme et son peintre préféré était, outre Van Gogh, le Caravage. Mais certains jours, l'exaspération, la neige qui ne tombe pas ou une lettre annonçant des fiançailles ordinaires donnent envie de cingler. Ce soir-là, j'étais d'humeur cinglante et mouchai Werther sans raison.

Ce mensonge par omission de Werther sur Charlotte (que je traitais, je le rappelle, d'emmerdeuse, d'idiote ou de greluche) était comme si le monde – témoin de cette évidence et ne disant rien sur ma méprise – se portait garant de mon aveuglement et gobait mon erreur sans bouger le petit doigt. Le silence des autres est la chose la plus terrible. Tous les peuples qui n'ont pas connu la critique à un moment donné de leur existence sont restés au bord de l'histoire et ont dérivé, coincés entre des certitudes obsolètes et une absence de savoir. C'est ce silence, complice et trompeur, qui endort, autorise les extravagances du mal. Pour en revenir à Charlotte, elle priait sans que Werther m'en ait jamais rien dit. Il avait omis l'essentiel et, je le répète, c'est bien de son rouge à lèvres, de ses chaussures, de ses robes qu'il me parlait abondamment, ce qui la faisait forcément ressembler, dans mon imagination (puisque je ne l'avais jamais vue), à une sorte de mannequin passant des heures devant sa glace à prendre des poses, faire la moue, alors que de toute évidence elle s'agenouillait près de son lit ou marchait dans la ville l'esprit rempli de pensées tour-

Un instant de bonheur

nées vers les autres, vers le mouvement des astres et des hommes qui déambulaient dans Berlin, cette ville-cicatrice où personne ne peut dire qu'il y fut un jour heureux, sauf peut-être le premier conducteur de la pelleteuse qui ébrécha le Mur en novembre 89. A ce propos : qui se souvient avec précision de cette date ? Interrogez, posez la question, on répondra octobre 89, on dira aussi décembre 89, voire 90 ! Tout passe et dépose les cendres de son instant, recouvertes par celles d'un autre instant, pour s'éparpiller dans l'azur sans perforer nos mémoires tant nos vies sont poussées à l'extrême.

Werther sorti, je marchai à l'intérieur de la maison. Le tapis que j'avais posé sur la moquette fatiguée du locataire précédent était entamé à certains endroits comme le sable des manèges où tournent les chevaux. Lorsque l'incompréhension me tourmentait, comme au cirque, je tournais.

Dans ma famille, tout le monde était mort, et aujourd'hui, le seul être qui me préoccupait était cette femme improbable qui portait le prénom de la caissière du cinéma de la rue Heidel, Hanna. Une ombre, finalement comparable à l'ombre de Charlotte que côtoyait chaque jour Werther. La mienne était quelque part dans le temps, Charlotte quelque part dans l'espace, toutes deux aussi éloignées de Werther et de moi que pouvait l'être Lucy, la première femme de l'histoire de l'humanité, qui s'était redressée pour s'approcher des étoiles.

La seconde mort de Werther

Cette nuit, je n'avais pas le cœur à penser à mon amour à venir. Le monde d'aujourd'hui m'avait m'envahi et j'étais à moi seul le journal télévisé de vingt heures où se succédaient des visages, des tanks et des présidents, que rien ne semblait relier, sinon leur simultanéité dans l'époque. J'aurais voulu à la fois dormir et marcher, partir dans la ville, somnambule, à la rencontre de l'ange du désir, de la miséricorde, l'ange de la désolation.

J'étais intrigué par cette dernière phrase prononcée par Werther juste avant qu'il me quittât. Il avait répondu que sa manière de se servir de l'univers était plutôt l'astrophysique et le football ! C'était du Chestonov, ça. Le docteur Chestonov, qui m'avait soigné à Paris, disait qu'il fallait, pour obtenir une belle apparence de vie, se choisir deux passe-temps apparemment contradictoires ou en tout cas, qui n'ont rien à voir entre eux : un pour l'appartenance et l'humilité, l'autre pour la solitude et l'orgueil. Le football (si on applique la méthode Chestonov) était pour Werther une manière de se mêler à ses contemporains et d'éprouver des élans, voire des enthousiasmes, avec eux, et l'astrophysique, au contraire, une manière de s'affirmer distinct, solitaire, avec valeur ajoutée et égards assurés. Je ne savais presque rien de Werther et peut-être y avait-il à Berlin une succursale de la clinique du docteur Chestonov, une multinationale en somme, qui soignait les handicapés de l'existence. Moi, j'avais choisi, pour l'appartenance et l'humilité, les

Un instant de bonheur

parties de cartes (la belote pour être exact), que je pratiquai pendant plus d'un an chaque soir au Café Français de la Münchenstraße, et pour l'orgueil de solitude, j'appris durant la même année le japonais et le coréen, que j'abandonnai, me croyant guéri, le soir même de ma dernière belote. C'est là que je me suis mis à penser à l'avenir, essayant sans doute d'attraper une nouvelle maladie qui pourrait épater le docteur Chestonov à mon retour en France. Mais, autant il m'était facile de voir Hanna, de m'entendre avec elle sur les choses essentielles, autant pour ce qui concernait le sexe, je n'avais aucun repère. Mon imagination ne servait à rien et c'est ma mémoire qui sans cesse me ramenait en arrière vers des peaux et des corps que j'avais connus, vers des bouches qui m'avaient tourmenté. C'est Werther qui avait soulevé un jour cette question. Pourtant je ne l'avais pas occultée : je n'y avais pas songé, voilà la vérité. Quand une femme se présente à vous dans le futur, l'imaginaire ne fait pas de détail, il globalise, et dans cet ensemble de quiétude que je prénommais Hanna, le corps et l'esprit ne faisaient qu'un.

Le lendemain matin tout se précipita lorsque je vis Werther, sur le palier, la mine défaite, pâle, les yeux agrandis. Je lui demandai si Charlotte avait encore voulu voir le lever du soleil à la Porte de Brandebourg et il me répondit, pendant qu'il

La seconde mort de Werther

entrait et ôtait son pardessus, qu'il sortait d'un bordel. « Vous allez dans les bordels, Werther, avec toutes ces maladies, sans compter Charlotte et le travail que je vous donne ! – J'en connais deux, tenus par des Danoises de grande qualité, et je m'y sens bien », répondit-il.

Werther, mon secrétaire, mon confident, celui avec qui je passais mes journées à parler politique, économie, poésie, tous ces arts délicats qui font les conversations d'aujourd'hui, fréquentait deux bordels de Berlin tenus par des Danoises ! « Mais Charlotte, pendant ce temps, lui demandai-je, elle boit des verveines dans une brasserie ? – Charlotte est une solitaire, monsieur, je vous ai menti, elle passe ses nuits à écrire, à rêvasser. Je dirais même que j'ai le sentiment qu'elle divague. – Vous voulez dire qu'elle est folle ? rétorquai-je. – Non monsieur, elle n'est plus avec moi. Je veux dire : elle semble ne plus être exactement dans le monde. Elle parle peu, ne me voit pas quand je viens la chercher, son regard est ailleurs, ses pensées, ses préoccupations aussi. »

Werther alla à la cuisine se préparer un café comme il le faisait chaque matin. Il avait déposé les journaux sur mon bureau et je l'entendis faire ses bruits habituels. Je lus les titres, feuilletai pour aller à la page des mots croisés et trouvai aussitôt le I horizontal en douze lettres : NE VEUT QUE DE LA SALADE RUSSE, *Boris Eltsine*, et dans la foulée, le 12 vertical, onze lettres : N'AURONT PLUS, ELLES, D'INDIGESTION DE SALADE RUSSE, *Estoniennes*.

Un instant de bonheur

Werther vint s'asseoir en face de moi sur le tabouret de bar, près du divan de cuir. Il était extrêmement pâle. Je suggérai qu'il rentre chez lui, d'appeler un médecin... Mais il ne voulut rien savoir. Je lui demandai s'il aimait Charlotte, tout en cherchant le III horizontal : Acoquiné avec une Bretonne (en cinq lettres). Il ne répondit rien, le regard fixé sur sa tasse de café. Je lui dis qu'il devait bien éprouver quelque chose, une attirance intellectuelle, physique, ou même par chance, les deux en même temps. « Ne compliquez pas les choses, Werther, je vous ai demandé si vous l'aimiez, pour faire simple. Mais si vous préférez, je peux vous poser la question autrement et vous dire : êtes-vous bien avec elle, aimez-vous sa présence, entendre sa voix, la regarder marcher quand elle ne le sait pas, parler de films, de livres, pensez-vous à son corps, à son regard quand vous êtes ici et que nous parlons de tout et de rien, vous manque-t-elle, en somme, quand vous n'êtes pas auprès d'elle ? » Brusquement, Werther lâcha la tasse de café qui se répandit sur mon tapis de Perse et je crus qu'il allait tomber de son tabouret vers le divan. *Restif*, pensai-je au même instant pour résoudre mon III horizontal et je me levai pour prendre Werther dans mes bras. Trop tard, il s'affala bel et bien à mes pieds, la tête en arrière, les cheveux dans le jus de café. Je pensai à un évanouissement et allai vers la salle de bains mouiller une serviette dans laquelle je fourrai des glaçons en toute hâte. Le froid ne produisit aucun

La seconde mort de Werther

effet et, après quelques instants, mon pauvre Werther ne daignant pas refaire surface, je me résolus à téléphoner et appeler du secours. Au bout de dix minutes une sirène retentit dans la rue et deux hommes en blouse blanche transportèrent mon ami sur une civière. Lorsque l'ambulance eut tourné au coin de ma rue, je rentrai terminer mes mots croisés. Werther n'avait pas repris connaissance pendant qu'on l'emportait et les cils de ses yeux clos traçaient deux lisérés noirs sur son visage transparent.

Sa mort me fut annoncée le soir. Ce n'était même pas un suicide, une crise cardiaque. Il ne m'avait jamais parlé de son cœur.

J'étais assis à mon bureau et fumais un havane double Corona. Je pensai que je ne verrais plus Werther enfiler sa redingote pour aller vers l'ex-Berlin-Est respirer l'odeur de la misère. J'étais à nouveau seul. Cela ne changerait rien. Je passerais demain ou un peu plus tard une petite annonce dans le *Berliner Zeitung* et un Werner, un Hans ou un Gerhard se présenteraient, je les écouterais parler poésie, politique, économie et choisirais celui avec lequel j'aurais le moins de risque de m'ennuyer. Tout continuerait à peu près comme avant.

Je songeai à Hanna, cette femme, mon amour, lui écrire maintenant, lui parler de cette ville autour de nous, de cette vie à vivre comme s'il n'y avait pas de monde, seulement elle et moi, lui parler du gardénia, de son parfum, la fleur aux pétales blancs et à la texture d'un velours, entendre le bruit de ses lèvres, sa respiration, lui dire que c'est elle que j'ai toujours aimée, promettre, envisager, prêter serment, parler de cet acte sacré d'une union pour longtemps, pour toujours, pour le reste de la vie. Ce sera exactement cela : un amour pour le reste de la vie.

Elle dirait : je ne t'attendais pas puisque tu m'imaginais.

Je dirais : je t'imaginais puisque tu ne pouvais exister.

Cette nuit-là je fis des rêves, ma mère, mon père, il y avait des instruments de boucherie et je me réveillai en criant. Hanna était absente. Pourtant je m'adressai à elle, à haute voix pour la première fois... « Pourquoi n'es-tu pas là déjà, alors que Berlin est endormi et que l'ange de la cathédrale ne sait plus que faire de ces deux mondes en train de se réunir ? Je ne t'ai jamais espérée, seulement imaginée et là je te voudrais présente, à l'instant même pour entendre le son de ta voix, savoir ce que c'est qu'entrer dans ton corps, sentir ton poids sur moi, entendre ta respiration... » Je me levai et par la fenêtre je vis les façades sombres des immeubles, une lumière par-ci par-là. Une voiture passa à toute vitesse en faisant des appels de phares.

C'est quoi, me demandai-je, cette fraction de temps où le corps décide d'abandonner la vie ? Werther avait-il eu ce sentiment de lassitude

La seconde mort de Werther

lorsque hier matin il avait sonné chez moi, comme d'habitude ? En appuyant sur le bouton, avait-il pensé, c'est la dernière fois de ma vie que j'appuie sur ce bouton et personne d'autre que moi ne sait cela ? Werther s'était-il senti subitement un étranger, celui qui n'appartient plus à la terre, à l'histoire des hommes ?

Certainement qu'il me croyait fou, ou même lâche de n'avoir jamais osé affronter ce que la vie apporte, une femme, telle qu'elle est, avec son impitoyable présence, ses mots, ses désirs différents, le poids de son existence, bruissante, son envahissement. Mais je m'étais habitué à ces apparitions à la carte d'un être que j'aimais, aux mesures exactes de mon désir de le sublimer... J'eus envie d'appeler l'appartement de Werther, n'en fis rien tout en me demandant ce qu'il avait fait des dernières pages que je lui avais confiées. Pliées peut-être dans une poche de son pardessus... Il faudrait à l'instant fouiller dans ma mémoire pour essayer de les restituer. Je pris un bloc et tentai de retrouver leur articulation, des bribes... Oui, bien sûr, il s'agissait du désert et d'une lettre à Hanna... Ça disait à peu près ceci : « Le désert, ce n'est pas l'absence. C'est l'état d'avant la présence, avant que les nomades ne le traversent, avant que les aventuriers ne s'y arrêtent et repartent ailleurs. Dans le désert, il n'y a qu'à s'extasier sans se demander comment y vivre, comment y mourir, sans se poser la question de savoir comment jouir du temps et de sa perte. C'est le lieu même de l'inespérance... »

Un instant de bonheur

J'étais heureux de retrouver petit à petit des bribes de mots écrits la veille, dans la hâte, et j'imaginai Hanna près de moi, comme si elle m'avait aidé à les écrire une première fois, puis à les retrouver à cet instant. Hanna, ce lieu de désert, le point d'où partaient mes désirs, elle, ce gigantesque visage d'univers plaqué sur la terre. Quelques phrases encore me revinrent en mémoire, une lettre pour elle qui commençait ainsi : « Ma belle âme... J'ai tellement imaginé une femme qui ait la force d'une femme et la naïveté d'une jeune fille... J'aimerais te dire vous, ma belle, mon adorée, ma câline. Vous êtes si belle à regarder vivre que je sens ma honte d'être si frileux, alors qu'il suffirait de tout donner et d'être ouvert à tout, pour tout recevoir. C'est bien cela l'amour, n'est-ce pas ? Je vous vois à présent... Votre corps ondule et vos cuisses s'écartent pour que la lumière les pénètre avant moi, m'y accueille... L'irremplaçable lumière de l'univers... »

Werther pouvait avoir laissé mes feuillets dans les bordels qu'il fréquentait ou encore dans son pardessus, à la morgue... Mais, apaisé d'avoir retrouvé quelques bribes de ce qu'ils contenaient, je m'endormis.

Le lendemain matin, la sonnette retentit. Comme d'habitude à huit heures. Je songeai à Werther. Ce ne pouvait être lui. J'eus un vague pressentiment. Un coup de sonnette donné à la manière policière,

La seconde mort de Werther

bref, qui intime d'exécuter. J'ouvris la porte et fus rassuré, c'était une jeune femme. Elle sentait le gardénia, la tubéreuse, peut-être. Je faillis refermer. En guise d'introduction bienveillante, elle me tendit des feuilles de papier et me dit qu'elle les avait dactylographiées dans la nuit. Je reconnus les phrases que j'avais cru perdues et que je m'étais évertué à retrouver pendant mon insomnie. Je regardais cette jeune femme et pensai qu'elle avait de la grâce et de la beauté, ce qui me faisait oublier de lui demander comment elle se trouvait en possession de mes écrits. Elle dit : « Je suis l'amie de Werther et je viens, si vous le voulez bien, vous proposer de le remplacer... » Elle ne semblait pas avoir pleuré. Je dis : « C'est vous, Charlotte », et pensai, sans attendre sa réponse qu'il y a encore un ou deux jours je ne parlais d'elle à Werther qu'en la traitant de bécasse et d'emmerdeuse. Elle dit : « Non, pas Charlotte, Hanna ! Je m'appelle Hanna, Werther ne vous parlait jamais de moi ? »

Pour dissimuler mon embarras et ne pas paraître impoli, je lui demandai à tout hasard si elle aimait la poésie. Elle répondit : « C'est exactement de cela que je suis venue vous parler : *la poésie c'est faire part au monde de sa propre rencontre avec l'existence.* »

A l'instant où je l'entendis prononcer cette phrase, je me mis à trembler. Fuir, ne surtout pas voir ni toucher le visage de son rêve, « obscène » avait dit le docteur Chestonov ! Je lui rendis aussitôt

Un instant de bonheur

les feuilles qu'elle venait de me tendre et lui dis qu'elle s'était trompée, que je ne connaissais pas de Werther, qu'il n'y avait pas d'amour ici et qu'il fallait qu'elle cherche encore, ailleurs, l'homme qui avait écrit ces phrases...

C'est vrai, pensai-je, en refermant la porte, moi je ne sais qu'imaginer des amours nocturnes, à vivre demain, plus tard... L'avenir chez moi, se passait la nuit, car j'ai cette manie de ne voir les choses mortelles que dans l'obscurité.

L'ENFANT À UN CHIFFRE

Bien sûr qu'il savait depuis toujours ce qu'était le désir.

Des objets à sucer, à téter, à prendre dans les doigts, les entortiller sous la tête au moment du sommeil pour que les dragons ne viennent pas lui arracher le foie et les yeux.

Il ne s'agissait pas de faire une liste de tout ce qu'il avait déjà désiré, personne ne le lui avait demandé, mais il voulait savoir ce que ces objets devenaient, comment ils se transformaient lorsque l'on grandissait et qu'on était allé au moins une fois dans sa vie à New York ou que l'on avait pu baiser, à genoux, l'anneau du Saint Père à Rome.

En fait, Jéhan était inquiet. Aurait-il toute sa vie envie de ce qui n'était pas lui ? Trouverait-il toujours un réconfort avec des mains qui se serrent autour des siennes, avec les baisers de Lucilla, sa sœur si jolie, avec des cheveux qui effleurent le visage, ses parfums à elle qui rappellent les années insouciantes lorsque le monde n'était encore qu'une

Un instant de bonheur

maison, une chambre, une mère qui chante et le chat qui attrape les libellules ? Est-ce que le ciel pourrait un jour devenir aussi noir que les piscines de la nuit, aussi sombre que l'escalier lorsque les plombs ont sauté et qu'il faut toucher les murs humides pour trouver le chemin de l'appartement ? Un ciel sans étoiles, sans lueur, comme si un jour, au printemps, les coucous et les boutons d'or étaient restés enfermés sous terre sans venir toucher la grâce de la lumière ni ravir les yeux des enfants. Jéhan redoutait les changements du monde. Aujourd'hui, il savait ce qu'il aimait, ce qu'était son bonheur. Certain de ses désirs, il ignorait comment l'avenir leur répondrait.

Avant le retour de Lucilla, il irait à la supérette faire les commissions. Elle lui avait laissé une liste, mais il aimait improviser, comme toujours, selon l'humeur. Elle râlerait, puis le prendrait dans ses bras et le couvrirait de baisers. Il était l'homme de sa vie, elle le disait, tard le soir, à l'instant où il devait s'endormir. L'homme de Lucilla ! Auprès d'elle, ce serait un avenir plein de papillons et d'hirondelles, avec des excursions au bord des lacs de montagne, dans toutes les villes qu'il ne traversait qu'avec les images de la télé, au bord de torrents et dans les sous-bois. Il trouverait les clairières où étendre une petite nappe et manger, allongé avec Lucilla, des fraises sauvages, des framboises et boire du lait. Ecouter les rossignols en regardant les nuages du ciel et entendre le vent dans les branches

L'enfant à un chiffre

de hêtres. Il observerait les écorces et dénicherait des traces de griffes, des messages amoureux, des touffes de poils, un langage de nature où se raconterait la vie du monde sans lui, le monde des forêts qui abrite les frayeurs et le désir. Il avait lu tout cela, et savait que les univers se côtoient sans jamais se rencontrer. La sauvagerie et la politesse. Lui était un petit garçon poli qui allait avoir dix ans et qui connaissait le nom d'à peine mille étoiles. C'est au nombre des étoiles sans nom qu'il pouvait mesurer tout ce qu'il ignorait, et ce qu'il devait absolument connaître un jour pour oser dire à une femme qu'il l'aimait. Ce serait ça le signe : aimer une autre fille que Lucilla. Impensable.

Lait demi-écrémé, saumon surgelé, kiwis, bananes, riz basmati et pois verts frais. Lorsqu'il revint de la supérette avec du chocolat noir, non prévu, un nouveau chewing-gum (Régent réglisse & cannelle), des cerises d'Afrique du Sud, Lucilla fit la moue de désapprobation prévue. « Je t'avais dit l'utile : protéines, vitamine C, A. Pas le sucre ni le magnésium... Mais bon. Tes dix ans approchent, les deux chiffres fatidiques de la responsabilité.

— J'ai peur, dit Jéhan.

— De n'être plus l'enfant à un chiffre ?

— Est-ce que j'aurai aussi deux âmes ?

— C'est déjà arrivé il y a un peu plus de mille ans !

— Et d'autres rêves que les dragons, les sirènes et les algues d'océans ?

Un instant de bonheur

— Tu m'auras moi, dit Lucilla. Une sœur, une fille qui continuera à te prendre dans ses bras, qui t'écoutera, qui te calmera, qui te racontera...

— Les forêts, les châteaux hantés, les ronces qui égratignent les mollets... Tu sais ce que je voudrais savoir, Lucilla, c'est les désirs. Est-ce qu'à deux chiffres, ils continuent à prendre le cœur, le ventre et à rendre les jambes molles ? Tu crois que je saurai m'habituer à un monde où il faudra s'endormir sans mouchoir de soie avec ton parfum *Tulipe* pour me bercer ? »

Lucilla ne répondait pas. Elle savait, à quinze ans passés, que les désirs se transformaient, mais il n'y avait rien à dire là-dessus, ni à expliquer... Jéhan verrait, par lui-même, un monde nouveau se substituer à l'ancien, mêlé à quelques regrets et beaucoup d'interrogations. Tout cela était si récent pour elle qu'elle en avait une mémoire fidèle et précise. Lorsqu'un garçon du lycée avait glissé sa main sous son T-shirt, qu'elle avait senti les premiers doigts étrangers effleurer ses seins, elle avait écrit, le soir même, sur son journal : « *Une chose étrange vient de se produire, ma peau a la mémoire d'une émotion nouvelle, comme si je venais de rencontrer le gardien d'un monde venu me souhaiter la bienvenue.* »

Jéhan s'était assoupi. Elle l'embrassa doucement sur le front et le laissa dormir. Elle observa ses paupières qui frémissaient et imagina des dragons et des licornes venus déjà visiter les rêves du petit garçon.

L'enfant à un chiffre

Parents absents, le frère et la sœur étaient en vacances, seuls, au bord de la mer.

Le lendemain, les choses s'accélérèrent. Au petit matin, ils allèrent se promener sur une longue plage de l'Atlantique, Jéhan avait ramassé toutes sortes d'objets échoués ou jetés de bateaux étrangers. Boîtes de biscuits espagnols, bouteilles d'eau anglaises, morceaux de bois mort. Il avait fallu qu'elle le persuade de tout jeter dans une poubelle de plage, alors qu'il voulait tout emporter, comme des souvenirs de vacances.

Dans l'après-midi, il y eut un orage.

Pendant que sa sœur était à son cours de danse aquatique, Jéhan erra dans l'appartement de location. Il allait sur le balcon trempé, regardait la mer, revenait, essuyait ses pieds nus sur la moquette, prenait trois raisins secs et recommençait sa promenade. Il faisait chaud, humide, il était en short. A la fin, il resta un long moment sur le balcon où la pluie tombait de plus belle et profita de toutes ces caresses du ciel. Il ferma les yeux et trouva cela délicieux.

Lorsqu'il se mit à tousser, il courut jusqu'à la chambre de sa sœur pour se jeter sur le lit, se glisser sous les maillots, les jupes, les robes colorées laissées là pêle-mêle sur le patchwork couvre-lit. Il tira vers lui chacun des vêtements et les respira. Certains sentaient le propre, la Soupline, il aimait.

Un instant de bonheur

D'autres sentaient *Tulipe*, il aimait plus encore. Une fois réchauffé, il se glissa vers le cabinet de toilette et chercha le précieux vaporisateur et s'aspergea les mains, les avant-bras, le torse, le cou, les cheveux. Il se sentit rempli de Lucilla, comme si elle était en lui, à l'intérieur de sa peau. Tout son corps vibrait de ce sentiment étrange : ressentir une absente. Il aurait voulu, à l'instant, immédiatement, qu'elle soit là à l'envelopper de baisers.

Lucilla lui manquait comme jamais.

Il voulut atteindre d'autres perfections et trouva dans la trousse de toilette de Lucilla une crème hydratante et une petite boîte de fond de teint en nacre. Pourtant, il n'aimait pas la voir se maquiller quand elle allait retrouver des amis le soir et qu'elle l'abandonnait... A cet instant, il aurait voulu qu'elle eût une collection infinie de pots, de tubes, de crèmes, de lotions, de petites poussières à joue, des ocrées, rosâtres, des terre de Sienne. Blottie dans une pochette, entre une lime à ongle et des petits morceaux de coton, il découvrit, pliée, une lettre. Il pensa à un poème, des pensées de Lucilla. Mais c'est une écriture qu'il ne connaissait pas. Il lut en entier. Il avait du mal à respirer. Un garçon (un homme peut-être) inconnu de lui parlait des seins de Lucilla, des cuisses et des épaules de Lucilla, de son ventre...

Lui, il connaissait tout cela, mais pas une seconde il n'avait songé à « détailler » sa sœur, elle était *un tout*, aimant, présent et câlinant. Un parfum.

L'enfant à un chiffre

Comme s'il venait de découvrir un trésor dont il aurait su depuis longtemps le chemin qui y conduit sans en percevoir la rareté, il évoqua pour la première fois ces parties du corps de Lucilla qu'il connaissait parfaitement, mais que jamais, vraiment jamais – il en était certain – il n'avait évoquées séparément. Comme si sa frénésie venait de s'éteindre d'un seul coup et abasourdi encore par cette nouvelle d'importance, il entreprit de se doucher pour faire disparaître le parfum qui l'avait envahi.

Lorsque Lucilla rentra vers le début de la soirée, elle lui demanda ce qu'il avait fabriqué avec son parfum. « Ça envahit tout, dit-elle.

— Je voulais penser encore plus à toi, répondit-il.

— Regarde, c'est pour qui, cette boîte enrubannée ? »

Il fixa le paquet-cadeau qu'elle tenait à la main et comprit qu'elle n'avait pas oublié son anniversaire.

« C'est un jeu ? Je peux essayer de deviner ?

— Tu ne trouveras pas. C'est une surprise à deux chiffres. »

Toute la soirée, Jéhan regarda sa sœur. Il aima ses gestes, la manière élégante avec laquelle elle marchait. La chaleur était étouffante, Lucilla se déshabilla bien avant le dîner et circula dans l'appartement avec seulement une jupe à fleurs qu'elle balançait autour de sa taille.

Comme d'habitude, en somme.

Mais Jéhan fut troublé. Comme le garçon de la

Un instant de bonheur

lettre, c'étaient des parties de corps qui l'intéressaient pour la première fois, les seins, les chevilles, le cou. Les cuisses aussi, qui apparaissaient chaque fois qu'elle se retournait, et que la jupe était soulevée.

Lucilla était bronzée et il pensa à un pain au lait doré.

Le soir, après dîner, ils regardèrent un film australien à la télévision. A tout instant, Jéhan déclarait qu'il voulait aller dormir. « Va au lit, j'irai t'embrasser », répétait-elle, distraite. Finalement, il dit que c'est contre elle qu'il voulait s'endormir pour qu'il y ait la nuit autour d'eux. Que ce soit tout son corps qui l'embrasse et pas seulement sa bouche, comme toujours.

Tard dans la nuit, ils se retrouvèrent allongés sur le lit de Lucilla. Elle embrassa son frère, l'enlaça, le serra contre elle. Brusquement, Jéhan se retourna et se mit à pleurer. Elle chuchota des mots pour demander s'il avait de la peine, si elle pouvait faire quelque chose. Il était muet et sanglotait.

Lorsqu'il fut apaisé, il revint vers elle, se mit à sucer comme un goulu un de ses mamelons, puis l'autre, ne parvint pas à s'interrompre, continuant ainsi le va-et-vient d'un sein à l'autre comme si à eux seuls, ils étaient devenus les limites d'un monde où tous les parcours de plaisir se concentraient. Il glissa une main sous la petite jupe à fleurs et caressa les cuisses de Lucilla. Il pensa à la lettre... « ma main remonte jusqu'en haut de tes cuisses, jusqu'à

L'enfant à un chiffre

cet endroit où je me perds pour ne penser qu'à une seule femme, qu'à un seul mystère et qui porte ton visage... »

Soudain, le petit garçon qui avait posé sa bouche, sa tête, ses mains des milliers de fois à cet endroit sans imaginer que le lieu était rare, recherché, convoité, sut que, désormais, ses rêves se peupleraient de cette zone ombrée à l'intérieur de laquelle il avait, à l'instant même, envie de disparaître.

L'AMANTE À CRÉDIT

« C'est ici que je vais vivre », se dit-elle en entrant dans l'appartement.

Les étagères étaient vides. Elle pensa qu'elle y mettrait des livres au fur et à mesure de ses rencontres. Ce n'était pas très grand, mais elle s'en moquait. Elle avait juste demandé à l'agence de lui trouver un dernier étage. « Pour ne pas entendre vivre quelqu'un au-dessus de moi », avait-elle dit. Le pas des filles est insupportable.

Une moquette shampouinée, des auréoles qui n'avaient pas disparu, des murs blancs. Des ampoules sans abat-jour pendaient au bout de fils électriques. Le lit arriverait demain, ce soir elle dormirait par terre, son pull-over en guise d'oreiller. Elle s'enroulerait dans son manteau. Comme indiqué dans l'annonce, un chauffage d'immeuble fonctionnait. « Je vais ouvrir la fenêtre, on crève ici ! Je poserai mon manteau à côté, je dormirai tout habillée. » Il y avait beaucoup de toits, de nombreuses fenêtres éclairées avec les ombres mou-

Un instant de bonheur

vantes des téléviseurs allumés. Elle regarda longuement le spectacle qu'elle s'offrirait désormais chaque soir.

Mais non, il ne faut pas être mélancolique. C'est cela n'est-ce pas, grandir : affronter chaque nouvelle situation en contrôlant ses émotions. Elle sourit. Le sourire, c'est ce que lui avait appris son père pour affronter une circonstance pénible. Savoir gérer ses émotions, avait-il dit, l'hypothalamus est la glande qui sert d'interface entre ce que tu ressens et la manière avec laquelle ton corps va réagir. Elle sentit les muscles autour de sa bouche s'étirer lentement et, comme chaque fois, son humeur se modifia. Elle ne fut pas gaie pour autant, seulement différente.

Au loin un couple dînait. Elle pensa à une peinture, ils ne bougeaient pas. Peut-être que demain elle s'apercevrait que tout cela, cet immense voile de la nuit, n'était qu'un décor avec de petites ampoules qui scintillaient pour faire vrai.

Elle savait l'impossibilité pour elle d'évoquer ne serait-ce qu'un emploi du temps, un emploi d'espace, se dire, demain, j'accrocherai des gravures, quelques lithographies ici, dans l'entrée, une autre là, dans le salon. Y avait-il au moins une glace dans la salle de bains, qu'elle puisse voir à l'instant son visage ? Se dire, il y aura à cet endroit un vaisselier, ici une commode, là, un fauteuil en cuir bleu pétrole de chez Mariani...

Elle sortit de la poche de son manteau une série

L'amante à crédit

de Polaroïds qu'elle étala autour d'elle. Les visages d'un homme, celui d'un enfant, une piscine avec des cyprès, une langouste en gros plan, une chapelle blanche, la rue d'un village... Cela pouvait ressembler à des souvenirs, mais elle considéra que puisque tout était là, inerte, c'est comme si rien n'avait existé. Elle aurait pu dire, cela n'existe pas, tout a été arraché de mon corps pour s'enfuir dans le monde.

Là où, justement, je ne serai jamais.

Elle passa la paume de sa main sur la moquette et la caressa comme s'il s'agissait d'une peau humaine étalée sous elle. Mais rien ne gémissait. Où est le sang, où est la souffrance, où se cache ce qui crie et ce qui pleure ? Les choses ressemblent de plus en plus aux hommes, se dit-elle, tout se tait, les bouches se sont refermées et les sons restent enfouis. Je me tais et je suis enfouie. J'ai vécu au grand air, à présent c'est au petit air, à l'air vicié, manque d'oxygène, je vis en ouvrant la bouche de temps en temps pour happer du bruit et quelques effluves. Quel parfum adopter pour toute une vie ? Celui des sueurs, celui des ventres ou celui des déchirures ?

Pour la première fois elle se rendait compte qu'elle avait du mal à scénariser une suite au début qu'elle était en train de vivre. Auparavant, elle n'avait jamais manqué d'imaginer des scènes, des meubles, des bouquets et même un visage de plombier qui viendrait réparer le pommeau de la

Un instant de bonheur

douche. Là, elle se trouvait au cœur d'elle-même et ne parvenait pas à sortir de ce temps présent qui la tenait prisonnière. Elle était tout entière dans cette scène d'appartement vide avec une vie à vivre, ici, à cette adresse, dans ce dernier étage, coincée entre des briques, du plâtre et quelques encadrements de portes et de fenêtres.

Le lendemain, Marie fut réveillée par un employé de l'EDF qui venait ouvrir son compteur. Elle ne savait même pas où l'objet se trouvait. Ils cherchèrent ensemble dans les deux ou trois endroits possibles, des placards. Lorsque l'homme la quitta, elle se demanda encore s'il fallait lui laisser une pièce, puis elle pensa qu'elle confondait avec un livreur. Elle s'était douchée à l'eau glacée, sans que cela représente une contrainte, elle aimait ça. « C'est pour raffermir les tissus, les cuisses, les seins, le ventre », disait sa mère. Marie l'avait toujours vue faire.

Elle avait rangé dans un tiroir de la cuisine les bougies de la veille et attendait son lit. Un sommier et un matelas neufs. Comme toujours, le magasin avait été d'une totale imprécision quant à l'heure de livraison. Dans la matinée... Elle s'était maquillée légèrement, avait mis une jupe sombre et un corsage blanc avec ses initiales brodées. Les incendies ont du bon, se dit-elle, ça me ressemble parfaitement de vivre comme ça, sans passé et pratique-

L'amante à crédit

ment aucun projet. Sinon celui d'un poste de prof d'histoire que l'académie venait de lui octroyer dans un lycée technique du bord de mer. Tout avait brûlé, les lettres, les vêtements, ses quelques meubles. Elle avait toujours cru que l'existence était faite de paliers, une escalade sans brusquerie vers des étages un peu plus élevés. Et là, à vingt-cinq ans, elle venait de faire l'expérience du zéro, comme si tous les départs précédents n'avaient servi à rien. Seule sa mémoire n'était pas partie en fumée et elle ne comptait pas non plus lui donner un grand rôle. Un incendie emporte avec lui un peu plus que des choses consumables, des lambeaux d'histoires, des objets-repères, des odeurs même. Marie arrivait dans une terre inconnue, prête à commencer une vie qui, de fait, n'avait jamais démarré comme elle l'avait imaginée adolescente : avec des surprises et l'étonnement sans cesse renouvelé de se sentir exister.

Après avoir fermé sa porte à clé pour la première fois, elle colla un *Post-it* sur la boîte aux lettres à destination des livreurs, indiquant qu'elle se trouvait à la brasserie d'à côté.

« Je voudrais mourir dans vos bras ! » C'est exactement ce qu'elle dit au premier homme qu'elle croisa en entrant dans l'établissement. Le type, costaud, en bleu de plâtrier, était appuyé au comptoir et buvait un café-rhum. Il la regarda, haussa les épaules et dit : « Ça ne va pas non ? »

Un instant de bonheur

Elle avait prononcé la phrase suffisamment fort pour que d'autres clients l'entendent, il y eut un léger flottement et elle partit s'asseoir côté rue afin de surveiller le camion de livraison. Sans doute pour manifester sa réprobation sur la manière dont Marie était entrée dans son café, le patron prit son temps avant de venir lui demander ce qu'elle souhaitait consommer. Elle commanda un express, alluma une mince cigarette, puis seulement, fit un rapide tour d'horizon pour vérifier son effet. Quelques regards furtifs semblaient la jauger, se demandant ce qu'une femme jeune venait de vivre de si terrible pour souhaiter mourir dans des bras inconnus. Tout semblait être revenu dans l'ordre lorsqu'elle obtint son café.

Pour le moment, elle n'imaginait rien de sa nouvelle vie. Elle pouvait simplement se dire, il y a la mer à proximité et, les jours d'orage, je pourrai m'éblouir les yeux avec de sublimes nuages, des éclairs à perte de vue sur une plage désertée. Marie observa les hommes du café et essaya de s'imaginer avec chacun d'eux. Le plâtrier qu'elle avait agressé à son arrivée, son voisin de comptoir en T-shirt noir avec des traces de peinture vers le col, le patron, un rougeaud comme on en voit dans les défilés du Front national. Au fond de la salle près d'un flipper, un jeune type lisait un journal sportif et, sur sa gauche, elle pouvait suivre la conversation de deux garçons d'une vingtaine d'années qui comparaient leurs chaussures de cuir, une paire avec lacets,

L'amante à crédit

l'autre de style mexicain, toutes neuves. Marie fit le compte, six hommes, un pour chaque jour de la semaine. Elle sourit et ajouta pour elle-même : repos hebdomadaire obligatoire.

Les deux garçons parlaient fort, « huit paires d'œillets aux chaussures, ça veut dire des *Doc Martens* d'origine, modèle 1460. Le pape, le Dalaï Lama, *Public Enemy* portent les mêmes, les dockers de Londres et tous les destroys hip hop. Toi, tes Tiags, elles font Jurassic, c'est ton grand-père qui a fait le cadeau ? – Non, c'est moi qui l'ai voulu, *Specials Zapata*, comme celles de Lauryn des *Fugees*... – J'ai raison, des godasses de filles ! »

« Tout à l'heure, j'ai mal réagi... »

Le plâtrier se tenait debout, avec une tête d'excuse, près de la table de Marie. Elle ne l'avait pas vu approcher.

« Mais, je ne vous en veux pas, dit-elle en buvant un peu de café.

— Pourquoi vous m'avez dit ça... Cette violence !
— C'était pas violent, c'était... amoureux.
— On ne se connaît pas...
— C'était amoureux pour la vie, pour le monde entier, mourir dans les bras de quelqu'un ça peut vouloir dire, je vous aime ! dit Marie en remontant un côté de ses cheveux.
— Mourir, c'est finir, s'en aller, ajouta le jeune homme à la salopette bleue.
— N'en parlons plus. (Elle rit.) En fait, je voulais dire " je veux jouir dans vos bras ", ma langue a fourché.

Un instant de bonheur

— Vous vous moquez encore », dit, navré, le plâtrier.

Marie aperçut alors le camion de livraison qui était en train de se garer en double file devant son nouvel immeuble. Elle dit : « Venez avec moi m'aider, vous voyez, j'emménage ! »

Elle paya et se leva. Le jeune homme repassa par le comptoir du café en ignorant son ami, régla ses consommations et suivit Marie.

Lorsque les livreurs furent partis, Marie et le plâtrier avaient joyeusement déchiré les housses de plastique qui recouvraient le matelas. Elle s'allongea sur son lit tout neuf. « Maintenant, dites-moi votre prénom. Il faut que je sache avant que vous deveniez le premier homme à vous allonger près de moi, ici.

— Mais je ne vais pas m'allonger, j'ai une femme...

— Vous avez une femme, seulement elle n'est pas là. Avoir et être, ce n'est pas la même chose. (Elle sourit.) Vous ne m'avez pas répondu ?

— Je n'aime pas mon prénom... Robert !

— Comme Redford, comme Smith, le chanteur de *Cure*. C'est pas si mal. Allez, venez me dire comment vous trouvez mon nouveau lit. Moi je les aime durs pour que la colonne vertébrale demeure soutenue. Vous savez combien de temps on passe au lit dans toute une vie ? Vingt ans. Et moi, je ne vous demande qu'un instant ! »

L'amante à crédit

Le plâtrier ne dit mot et baissa la tête comme gêné. Mais, c'étaient ses chaussures qu'il était en train de retirer avant de venir s'allonger le plus loin possible de Marie. Là, ils restèrent muets, les regards au plafond. Chacun semblait attendre que l'autre parle, décide de ce que serait le contenu des prochaines minutes.

Robert allongea le bras vers Marie. « Je ne suis pas certain d'être amoureux, vous savez...

— Moi non plus... Tout peut s'arrêter là. »

Elle effleura la main qui lui était tendue.

« Vous me faites crédit ? demanda-t-elle soudain.

— De quel argent parlez-vous ?

— Un crédit d'amour, dit-elle. Des sentiments pour demain, après...

— Comment savoir...

— Essayons ! »

IRÈNE
ET L'ORIGINE DU MONDE

Ce que j'avais aussitôt aimé chez Irène, c'était son odeur nue. Je veux dire son odeur du matin, engoncée encore dans les draps de la nuit, sans parfum, ni lait hydratant. Une odeur de femme qui avait surgi dès notre première rencontre dans la basilique du Sacré-Cœur, et que mon cerveau avait associée à quelque chose de très lointain sans doute quand je posais régulièrement ma tête entre les seins de ma mère. A moins que ce ne fût un souvenir plus récent, lorsque je m'étais laissé enfermer dans une armoire en chêne massif avec ma conscrite, une fille de onze ans devenue religieuse en pays musulman.

L'odeur d'Irène. Un mélange d'herbe tendre après la pluie, l'image rassurante d'un paysage français au printemps avec en plus la force des torrents qui dégringolent des montagnes. Irène sentait bon. Naturellement. Pour être complet, je dois ajouter que mon attirance pour elle ne s'est pas arrêtée à ces vagues réminiscences olfactives ; sa sil-

Un instant de bonheur

houette, le grain de sa peau, sa pâleur même me ramenaient là encore à des images anciennes et floues, des sensations perçues dans des rêves, ou des effleurements furtifs survenus dans les rues auprès des passantes. Hélas, après ce préambule flatteur et destiné à justifier mes premiers désirs, il faut me résigner à écrire que les connaissances et la culture générale d'Irène étaient extrêmement déconcertantes, voire décevantes. Littérature, histoire, actualité, je me suis vite habitué à monologuer devant elle et à dire à tout moment, tu vois ? Et elle répondait, oui, je vois, et je continuais à pontifier sur U2, Copernic ou le bien-fondé de la mémoire de l'eau comme si je m'adressais à un auditoire de cancres en train de rêvasser à un bord de mer. « Tu te souviendras, Irène ? » Mais Irène ne se souvenait pas, car sa méthode était l'approximation, soutenue par de vagues souvenirs scolaires, par l'écoute des rumeurs et de l'avis général. De plus, ce qui avait le don de m'énerver, elle prenait régulièrement des médicaments de toute sorte. J'avais connu en quelques semaines la période oligo-éléments, puis la magnésium. On en fut très vite à la période ACE (Vitamines A, C et E) plus une pincée de sélénium, excellent paraît-il contre le vieillissement de la peau. A 24 ans, Irène n'avait aucun problème de ce côté-là, mais elle aimait s'imposer des contraintes de santé qu'elle exécutait comme si on lui eût infligé trois *Ave* et trois *Pater* au sortir d'un confessionnal.

Dès notre première nuit acquise sans réticence de

Irène et l'origine du monde

sa part – bien qu'elle m'ait affirmé ne jamais avoir couché le soir même d'une rencontre – j'eus le sentiment de devenir un Konrad Lorenz amoureux, dont les oies cendrées seraient Irène et moi. Pratiquant une éthologie interactive où l'observé est aussi l'observateur, je passai le début de notre histoire à être alternativement un amant, et le voyeur de cet amant. Et comme elle agissait le plus souvent en animal (j'ai soif, j'ai faim, j'ai envie de faire l'amour), je tentai de lui résumer brièvement Sigmund Freud, le Ça et le Surmoi, pour qu'elle sache un jour que l'on ne pouvait pas se conduire éternellement comme une sale gamine. Mais de Vienne et de l'Autriche, conclut-elle en riant, elle ne connaissait que les valses et la pâtisserie. J'étais navré. Pourtant, j'aimais envelopper sa tête de ma main lorsque, comme un enfant épuisé de jeux ou d'avoir trop veillé, elle s'endormait dans mes bras, sans prévenir.

    J'avais commencé d'écrire le Journal d'Irène. Style télégraphique... « *8 mai. Arrivée Irène 16 h 38. Horaire prévu 16 h, retard 38 minutes. Baiser, étreinte. Premiers mots d'Irène, j'ai envie de faire pipi. Toilettes, chasse d'eau. Retour d'Irène : Tu n'as pas soif ? – Non. – Moi, si... Irène cuisine, bruits de robinet. Retour. Lèvres humides, Irène amour, Irène volupté...* »

    Il y avait aussi les jours tristes d'Irène. Irène abattue, Irène désemparée et j'assistais au spectacle d'une jeune femme en train de se débattre avec la

Un instant de bonheur

vie et les choses. « *15 mai. C'est quoi mon avenir ? C'est quoi la gauche, c'est quoi la droite ? Pourquoi le Coca light est si fadasse ?* »

Un jour, dans un café du quartier Bastille où l'on s'était donné rendez-vous, elle fit une entrée remarquable : tailleur court, des bas, talons mi-hauts. Superbe et touchante, elle se lança alors dans une longue tirade sur Mankiewicz : *Soudain l'été dernier, la Comtesse aux pieds nus*, Bogart, Ava Gardner. « Je ne t'avais pas dit que j'avais vu tous les films de Mankiewicz ? » Non, elle ne m'avait pas dit. Ravie de mon étonnement, elle dit avant de s'asseoir : « C'est pour toi que je me suis habillée comme ça ! Et mes bas, ce ne sont pas des collants... » Observant les regards insistants de la clientèle masculine, et comme s'il ne fallait pas succomber à une attraction fatale, je me ressaisis et lui dis : « C'est Mankiewicz qui me surprend. »

Alors que je regardais les traces de rouge à lèvres sur son verre de lait-orgeat, je me dis qu'on ne faisait pas sa vie avec une fan de Mankiewicz, quand bien même elle aurait les seins des statues de Maillol. Et puis, le monde regorgeait d'Irène de toutes sortes avec une peau sentant la bergamote, l'iris, la vanille, l'opopanax, que sais-je ! Après la Bastille, nous étions passés au *Hot Brass*, à la Porte de la Villette, écouter le *Charlie Parker Memorial Band*. Irène avait apprécié, sans plus ; elle n'aimait que le flamenco.

Ce soir-là, certain que le jour approchait où il me

Irène et l'origine du monde

faudrait la quitter, je fis en arrivant chez moi une série de Polaroïds : Irène en train de se déshabiller, de se démaquiller, sous la douche, et pour finir, Irène allongée nue sur le lit. A l'ultime photographie, je m'agenouillai au pied du lit, en légère contre-plongée. Comme il faisait frais, Irène drapa le haut de son corps dans le dessus-de-lit en coton blanc. Elle avait gardé allongée sa jambe droite et écarté la gauche de sorte que son sexe était en tout premier plan, lèvres rose foncé, à peine écartées, l'amorce des fesses en prolongement, sa jolie touffe de poils ramassés au-dessus, puis son ventre et le sein droit avec le mamelon que le drap ne cachait pas. Mais, mauvais cadrage ou erreur de parallaxe, elle fut sans visage sur cet ultime Polaroïd.

Une fois Irène endormie, longtemps après le dernier déclic de mon SX 70, je restai là, muet, à contempler ce lieu, le centre de ses cuisses où se trouvaient mon désir et le mystère de ce désir.

« Mais des Irène (j'aimais me le répéter), il y en a dans toutes les gares, tous les aéroports, tous les palaces du monde ! » dis-je à monsieur Vladimir, un vieil écrivain asthmatique, avec qui je jouais aux échecs trois fois par semaine dans l'arrière-salle d'une académie de billard. Il n'y avait que lui à qui je pouvais confier les détours et ressorts de mon extravagante attirance pour une odeur de femme, pour un corps de femme que toute ma raison ordonnait de rayer au plus vite de ma vie. Car, quel sens donner à cet amalgame inédit de désir et de vagues sentiments contredisant tout ce que j'avais vécu jusque-là ? « D'ailleurs, ajoutai-je pour monsieur Vladimir qui venait de me prendre une tour, elle est partie pour trois semaines et le problème va être réglé. – Quel problème ? dit monsieur Vladimir qui, bien que depuis une cinquantaine d'années en France, continuait de rouler les *r* à la slave. Je ne vois pas où est le problème, continua-t-il, personne ne vous demande d'aimer une bécasse. Soyez amoureux, ça suffira ! »

Il sembla soudain soucieux et me regarda. « Rassurez-moi ! Vous allez pouvoir l'oublier ou est-il déjà trop tard ? » Je ris de sa préoccupation soudaine. « Ne faites pas cette tête-là ! C'est mon histoire, pas la vôtre... – Qui sait... Mais redevenez infidèle. Pour l'oubli, c'est plus facile. »

Irène était donc partie. Elle accompagnait un groupe de voyageurs en Inde. Plus précisément, au Rajasthan. Je commençai par faire un paquet des quelques objets qu'elle avait laissés chez moi, chaussures, compact-discs, maquillage... De cette manière, rien ne pourrait plus attirer mon attention et me faire imaginer visage ou sourire. Je ne pus m'empêcher toutefois de respirer un T-shirt et une chemise de nuit en soie noire, puis je me répétai plusieurs fois, adieu Irène, adieu belle Irène et j'enfermai le tout dans un carton jaune de la Poste, prêt pour expédition. Je reçus un message de Delhi, bref, qui évoquait la chaleur moite. Je ricanai, l'imaginant une bouteille d'eau minérale à la main,

Irène et l'origine du monde

cherchant à tout moment les toilettes. Un autre message arriva de Jaïpur, puis, plus rien. Tout était donc parfait et je me fis un échéancier de travail draconien : terminer les travaux d'écriture commencés avant Irène, répondre au courrier laissé en souffrance pour cause d'Irène, téléphoner aux amis abandonnés, reprendre contact avec l'institut de Berlin où j'avais annulé une conférence. Bref, me remettre au travail. Je m'aperçus vite que la ferveur, l'effervescence, la disposition d'esprit ne se décrétaient pas et, après deux jours de fébrilité intense, je dus entreprendre un retour vers le réel plus lent que prévu. Avec beaucoup d'égards envers moi-même je m'octroyai des siestes assistées par Montecristo n° 1, Rey del Mundo et Saint Luis Rey, ma préférence. J'eus l'impression d'être un convalescent du monde, comme si j'avais été au chômage de ma propre vie et qu'il fallût réapprendre les gestes du quotidien, les horaires, l'effort. Je pris insensiblement l'indéfendable pli de tout remettre à *demain* – ce mot que j'ai toujours exécré – comme si demain allait, par magie, redonner l'énergie pour tout : oublier Irène et retrouver mon esprit conquérant. Car le corps d'Irène, son odeur nue du matin resurgirent vite dans mes rêveries qui se prolongeaient de plus en plus. Je commençai par l'imaginer au marché aux chameaux de Pushkar, face aux jardins de Jag Mandir, dans les taxis indiens qui brinquebalent sur des routes défoncées. Puis, je vis de somptueuses chambres d'hôtels, tous

Un instant de bonheur

d'anciennes résidences de maharajas, avec dorures et mosaïques bleutées. Avec qui passait-elle ses nuits ? Cette question sans réponse devint insupportable.

« Comment pouvez-vous vous laisser perturber par l'absence d'une bécasse ? » me dit monsieur Vladimir.

Il m'exaspérait, et c'est ce qu'il cherchait, en employant à nouveau ce mot d'oiseau et d'autres encore. Et cette arrogance pour une fille qu'il n'avait jamais rencontrée ! « Cette femme me manque. Ses cuisses, son corps, sa peau occupent tout l'espace de mes rêves et c'est elle, cette " Bécasse " comme vous dites, qui peut effectivement vous annoncer que *l'Education sentimentale* est un film de Spielberg ou *la Chartreuse de Parme* une marque de liqueur, qui me manque terriblement. Mais dites-vous bien qu'elle fait l'amour comme une princesse, qu'elle est intuitive, qu'elle devine, imagine, pressent, qu'elle sait, sans jamais les avoir appris, une infinité de gestes, d'attitudes et vous apporte sur un plateau tout ce que votre sensualité réclamait depuis vos premiers émois...
– J'avais toujours cru comprendre que ce n'était qu'une affaire de parfum... Mais vous l'aimez cette femme ! » me lança mon partenaire d'échecs. « Amoureux d'un corps et d'un parfum si vous voulez, mais je n'aime pas Irène, si c'est ce que vous voulez savoir ! – Ne jouez pas sur les mots, elle est tout entière dans votre corps et dans votre esprit et

Irène et l'origine du monde

vous n'écrivez rien parce que l'amour a pris votre énergie, votre vie, vos rêves. »

J'étais sidéré. Moi, aimer Irène ? Pour lui montrer l'attrait que pouvait exercer son corps – et uniquement son corps, je voulais m'en persuader – je sortis le dernier Polaroïd que j'avais réalisé d'elle, nue sur le lit, sans visage, un drap sur le haut de son corps. A l'instant où monsieur Vladimir regarda la photo, je vis son regard brusquement se transformer. Tout son corps se remplit d'étrangeté. Il semblait accablé. « Dites-moi ce qu'est pour vous l'amour si vous n'aimez pas cette femme. C'est quoi l'amour, nom de Dieu ? dit-il en s'emportant soudainement.

— J'ai toujours pensé que c'était la rencontre de deux intériorités qui trouvaient les moyens de se raconter le monde, sans avoir recours aux mots, dis-je, embarrassé. J'ai toujours considéré que l'amour était un discours des corps et un dialogue de l'esprit, l'un racontant sa part de monde, l'autre le reste caché de ce même monde pour que cette rencontre tienne lieu d'univers et fabrique une cosmogonie amoureuse à temps et espace complets... Irène fut tout le contraire de cette perfection. Une présence, sans plus, une odeur, un parfum...

— Vous avez toujours inventé des images de l'amour qui n'existent pas, dit le vieil homme. L'amour n'est pas a priori, c'est *live*, vivant, immensément présent. Ça n'a rien d'une balade romantique car c'est souffrir *et* travailler. Travail-

Un instant de bonheur

ler sur soi, sur l'autre, sur l'affrontement de deux mondes réunis curieusement par le hasard des affinités. Souffrir, car la quête dans laquelle on est lancé est sans solution. Le travail et la souffrance trouvent leur origine dans un désir archaïque pour un corps ou une partie de corps étranger et qui demeureront étrangers à jamais. L'amour est l'histoire de ce parcours qui part d'un mystère et parvient, une éternité plus tard, au même mystère : irrésolu. Vous n'avez qu'un tort, vouloir à tout prix résoudre ce mystère. Vivez avec lui, à la fois comme le don le plus extravagant que puissent vous offrir l'existence et l'éblouissant désastre auquel il conduit. »

Le vieil homme sortit un inhalateur de sa poche et s'octroya un nuage de Ventoline. Puis, il fouilla dans son portefeuille et en sortit une vieille photo noir et blanc un peu déchirée, crantée comme les tirages anciens. Il me la tendit et je vis Irène, la même pause, nue, sans visage, une jambe allongée et l'autre écartée. Et son sexe en premier plan, rose foncé, le même pli des lèvres prolongé par la naissance des fesses. « Ce n'est pas Irène, dit-il aussitôt en me reprenant la photographie. Cette femme s'appelait Julia. L'art et les hasards de l'existence révèlent des coïncidences mystérieuses, n'est-ce pas... – L'art ? demandai-je. – Oui, demain, retrouvons-nous au musée d'Orsay à midi. » Il ne rangea même pas ses pions et me laissa là.

Je passai une nuit atroce. Aucun message d'Irène

Irène et l'origine du monde

sur mon répondeur et, pendant mes insomnies, j'eus le sentiment étrange d'être quitté par quelque chose d'absolu, une magie à laquelle j'aurais eu accès, et qui se dérobait. Et cette autre femme, Julia... Le lendemain, j'étais à l'heure dite au rendez-vous.

Sans un mot et sans même me tendre la main, monsieur Vladimir, à l'entrée du musée m'invita à le suivre. Nous nous retrouvâmes vite près des Courbet où manifestement un homme nous attendait. Agé, lui aussi, comme monsieur Vladimir, mais de type méditerranéen. J'appris pendant les présentations qu'il s'appelait Cascais et qu'il était portugais. « Voilà, nous sommes réunis. Trois fous d'amour pour la *même* femme ! commença Vladimir. C'est le plus petit club du monde, le plus secret, le plus mystérieux. Ce qui nous lie à jamais, c'est l'amour sans bornes pour des personnes que rien ne nous prédestinait à aimer. Comme un don du ciel, ces femmes ont représenté pour nous la sensualité absolue et, par là même, l'énigme parfaite du désir pour un corps où la seule réponse possible au pourquoi de cet amour est : parce que c'était elle ! A présent, regardez derrière vous ! » me dit Vladimir. Là, un tableau d'environ cinquante centimètres de côté accroché à la cimaise. « Jusqu'à aujourd'hui, il est resté inconnu du public, de vous, de moi, et cependant Irène et Julia ont pris la même posture que le modèle. Ce tableau, continua-t-il, s'intitule *l'Origine du monde*, il a été peint il y a cent

Un instant de bonheur

trente ans par Gustave Courbet. Etrange n'est-ce pas... »

J'étais sidéré par l'absolue ressemblance des postures du tableau et des photos. Cascais prit la parole à son tour... « Etrange que des femmes traversent le temps pour rendre fous quelques hommes. » Il sortit à son tour une photo de sa poche intérieure. Elle était enveloppée d'un petit papier de soie. Je ne pouvais que m'y attendre : une femme nue, cadrée sans visage, la cuisse légèrement écartée et un sexe qui donnait envie d'y entrer tout entier en fermant les yeux.

LA DERNIÈRE PASSION

Nice, la mer Méditerranée, un aéroport, des pistes au loin avec des tourbillons de chaleur qui s'élèvent vers le ciel. Un garçon allongé sur le sol d'une salle d'attente joue aux dominos, un casque de walkman sur les oreilles pendant qu'autour de lui des gens s'essuient le front avec des mouchoirs en papier, boivent ou comparent les aiguilles de leur montre à celles des pendules de l'aéroport. Si on entrait à l'intérieur des têtes on trouverait des images de douches, de ventilateurs, de draps-housses bien tirés, sans plis, parfaits, de bulles remontant à la surface d'un verre de Coca embué, surf, vagues d'océan... Des images de frais, de brise et de cheveux qui volent.

Chacun attend. Une annonce, un embarquement, la durée exacte d'un retard. Un homme et une femme, voisins de hasard, ont entamé une conversation : « Vous allez où ? dit l'homme. – Je ne pars pas, je suis venue attendre quelqu'un, répond la femme. » On pourrait continuer d'écouter leur

Un instant de bonheur

échange et leurs considérations sur la grève d'un service public, les aiguilleurs du ciel, sur l'intérêt des voyages pour oublier le quotidien ou, au contraire, l'illusion d'oubli qu'ils procurent puisque la mémoire reste une drogue, invisible à chaque frontière traversée.

Mais l'intérêt est ailleurs.

Un vieil homme dans la foule attend lui aussi. Ses cheveux sont abondants et blancs. Il est accompagné d'une femme sans âge qui se tient deux pas derrière : secrétaire, amante, souffre-douleur, comment savoir ? Lui se nomme Luis Parker et il est cinéaste. La femme, Elsa Lee, a collaboré à chacun de ses films, que ce soit comme assistante, scénariste ou conseillère. Tous deux furent un jour citoyens allemands. Elle parle un français sans accent, mais on ne peut identifier de quelles langues du monde celui de Parker est fait.

La veille à la télévision, une émission lui a été consacrée et il a dit ceci : « Mon bonheur, ce qui m'a exalté toute ma vie, aura été le cinéma... Parce que c'est une histoire de lumière. Avec de la lumière et une caméra, on part explorer l'espace qui relie les gens, les délie à un moment, les font s'aimer puis se détester, se désirer, se fuir et parfois se tuer. Il ne faut pas croire que les secrets soient enfermés à l'intérieur des cerveaux. Ils sont à l'extérieur, entre les êtres. Et le cinéma est là pour inventorier ce lieu où les secrets se nouent. On a souvent cité cette phrase à son propos... " Le cinéma substitue à notre

La dernière passion

regard un monde qui s'accorde à nos désirs. " Je crois que l'on pourrait remplacer désir par malheur, parce que le désir renferme toujours en lui l'idée de s'approprier ce qu'une force en nous incontrôlable convoite et que, dans le même temps, une force extérieure, tout aussi incontrôlable, nous fera perdre. Cette disparition s'appelle le malheur. »

Aujourd'hui, Elsa Lee et Luis Parker attendent un jeune couple, des acteurs. Parker tire un mouchoir de sa poche et essuie son visage. L'avion en provenance de Paris vient d'être annoncé. Ils se mêlent à la foule des anxieux, ceux qui déjà scrutent les premiers sortis, avec en tête les quelques milliards d'informations que constitue la mémorisation d'un visage, et qui vont servir à décoder l'aimé, l'ami, le nouveau.

Les regards de Parker et de la femme ont croisé ceux des deux comédiens. Esquisses de sourires, poignées de mains, premiers contacts, sons de voix, épidermes, tailles. Comme ils doivent tourner des essais – les essais d'un film – chacun en un quart de seconde jauge, et déjà, bien avant que la caméra ne soit posée entre eux, ils s'essayent. Tous leurs sens tentent de détecter un caractère, une faille, une fausse timidité, une vraie gentillesse ou encore une tyrannie. D'où cette raideur, sous d'apparentes décontractions. Même Parker, qui a vécu cela des centaines de fois, ne peut empêcher qu'une légère appréhension ne vienne lui chuchoter « et si ce

Un instant de bonheur

n'était pas exactement eux que tu as imaginés ! Ont-ils la force et la faiblesse que tu leur as inventées... » Sachant qu'il allait falloir révéler un faux secret pour que tout se calme et que s'installe un début de complicité agrémenté d'un sourire, le vieux cinéaste présenta Elsa Lee de cette manière :

« Quand nous nous sommes rencontrés, il y a longtemps, nous nous sommes tutoyés, tutoyés et aimés. Puis un jour elle m'a dit vous, " vous les hommes "... J'ai compris alors que le temps était venu de se mettre à seulement collaborer ensemble... »

Elsa Lee, tout en marchant chuchota au garçon. « Il adore parler... » C'est elle qui s'installa au volant. Parker à ses côtés, à l'avant de la grosse berline, sortit d'un petit étui en cuir un cigare qu'il glissa dans sa bouche, sans l'allumer.

Les deux comédiens à l'arrière s'étaient blottis l'un contre l'autre comme s'ils venaient de s'embarquer dans un train-fantôme.

La voiture prit les routes de la moyenne corniche et, tout en bas, sur la mer étale, d'un bleu dense comme celui des piscines de David Hockney, on pouvait voir des centaines de traits blancs, des voiliers, tracer quelques griffures éphémères. Parker demanda à la femme de remonter la climatisation.

La dernière passion

« J'aime ça, dit-il avec gourmandise en regardant le geste d'Elsa Lee, j'aime ce luxe et je suis toujours prêt, les jours de canicule, à friser une bonne angine pour en profiter au maximum. »

Cette fois, il alluma son cigare, tira quelques bouffées, puis sans se retourner, bien calé sur son siège, changea de conversation...

« Je suis un vieil homme fatigué et je ne ferai sans doute plus de film après celui-ci. Fatigué non pas du cinéma, mais de la course à l'argent. Humiliant n'est-ce pas... Cette énergie qu'il faut dépenser pour un film ! Et ces rapports obligés avec des gens qu'il m'est de plus en plus difficile de supporter, banquiers, producteurs. Ce sont eux qui auront eu raison de moi et entamé ma foi. Mais il faut que je vous parle de ce film que nous allons faire ensemble, *la Dernière Passion*, vous expliquer le titre et ce qui m'a conduit à me déterminer sur ce sujet et pas un autre. Je trouve important de perdre un peu de temps pour raconter l'histoire de l'histoire. On a pris l'habitude, avec la télévision, de voir des images, ou plutôt des photos qui bougent, sur Sarajevo, l'Afghanistan, l'Afrique, qui ne racontent jamais ce qui s'est passé avant, ni le lendemain, ou les semaines suivantes. On ne connaîtra jamais la suite des choses parce que, une fois la crête d'actualité terminée, les équipes de télé du monde entier sont depuis longtemps reparties ailleurs. Ce sont des images-télex, pas plus riches en informations que le fait de savoir qu'aujourd'hui le dollar est à 5,42 F. »

Un instant de bonheur

Parker fit une pause. Se retourna pour la première fois comme pour vérifier si tout allait. Il esquissa un sourire et continua.

« Je voulais depuis longtemps faire un film sur la vie d'Oscar Wilde... Vous connaissez bien sûr...

— Dorian Gray. *Le Portrait de Dorian Gray*, répondit l'actrice peu sûre d'elle et qui confondait souvent Oscar Wilde avec Lord Byron.

— C'est *De Profundis* que vous devez connaître. D'ailleurs... (il fouilla dans la boîte à gants), il est là. Je l'ai préparé pour que vous puissiez le lire ce soir ou demain, avant nos essais. Oscar Wilde a écrit ce livre depuis la prison de Reading où il purgeait deux ans de travaux forcés. Une phrase résume assez bien la première partie de sa vie, celle d'avant la prison : *Mon erreur fut de me confiner exclusivement aux ombres de ce qui me semblait le côté ensoleillé du jardin et de fuir l'autre côté à cause de ses ombres et de son obscurité.*

« Vous voyez, il parle de deux choses : l'ombre et la lumière. La lumière est l'artifice suprême du monde... C'est pour cette raison qu'elle nous séduit tant. Sans elle, pas de ciel, pas d'étoiles et aucun visage à regarder pour l'aimer. C'est une ensorceleuse qui pare chaque objet de couleurs, de scintillements, de douceur et c'est bien entendu ce monde clinquant de la lumière qui a séduit Wilde. Toute sa vie, avec plus de talent que d'autres sans doute, il va être ce dandy insolent, évoluant dans tout ce qui est pétillement, lambris dorés et esprit.

La dernière passion

Mondain, conscient de sa valeur et d'un talent qu'il veut sans limite, il va croire que son existence à la surface des choses ne pourra l'empêcher, dans son œuvre, d'entrer en leur cœur. C'est là son erreur. Pour avoir voulu séparer l'art de la douleur, il a écarté celui-ci de l'un de ses ancrages essentiels et s'est par là même ôté, pour lui, la vraie vie. Avec une obstination qui ressemble à un suicide, il va alors provoquer un procès qu'il sait perdu d'avance, qui le conduira en prison, dans ce monde de l'obscurité qu'il avait toujours fui ou voulu ignorer, et avoir enfin rendez-vous avec lui-même, le Wilde des ténèbres et de la misère. »

Il y eut une courte pause pendant laquelle la jeune comédienne toussota. Parker aussitôt s'excusa : « Je ne vous ai pas demandé si la fumée du cigare vous dérangeait... – Non, répondit-elle, c'est nerveux... » Il continua en ayant néanmoins à l'esprit de tirer moins fort sur son havane... « Au fait je ne vous ai pas demandé ce qui vous séduisait dans la vie ? »

Silence. Les deux jeunes acteurs se demandaient quel piège pouvait cacher une question d'apparence aussi banale. Ils hésitaient, ne sachant s'il fallait rester nature ou tenter une montée au filet : paraître intelligents. Parker devina leur embarras et dit que le fait même d'être séduit sous-entendait un ravissement, c'est-à-dire un vol, et que ce qui était volé c'était justement l'esprit critique...

« Alors !

Un instant de bonheur

— La beauté, l'inattendu, l'intelligence (elle rit), je ne sais pas... Cette rencontre avec vous, cette conversation avec ce décor magnifique tout autour, dit la jeune fille.

— Les femmes ou plutôt la femme, dit l'acteur en regardant son amie, apprendre que *Voyager* a frôlé Neptune après douze années de vol dans l'espace, c'est fascinant... Prendre un avion... (il chercha encore, expira plusieurs fois avec bruit...) Ne penser à rien la nuit et regarder le ciel en sachant que quelqu'un, quelque part, m'attend.

— Etre séduit, c'est succomber au vertige de son propre oubli, continua Parker... C'est surtout être victime, car vient de se produire la rencontre avec un objet qui est l'image même d'un secret que l'on croyait tenir enfoui au plus profond de nous... Laura, vous avez dit " l'inattendu "... Un peu avant la chute du mur de Berlin, les gens de l'Est fuyaient... Vous savez quoi ? Là-bas, l'histoire s'était arrêtée depuis longtemps, alors ils ont fui la certitude d'une vie sans surprise. Et ce n'est pas la richesse qu'ils venaient chercher en Occident. Ils voulaient ôter de leur peau la maladie de l'ennui... En géométrie, le point le plus court pour aller d'un point à un autre est la ligne droite. Dans l'existence, le trajet le plus exaltant pour aller de la naissance à la mort est une ligne biscornue. L'imprévisible, voilà le maître-mot de la séduction ! »

Comme il aimait mélanger sa propre expérience,

La dernière passion

l'actualité, les gens rencontrés et ce film qui était pour le moment le sujet de toutes ses exaltations, il enchaîna... « Godard m'a dit un jour : " La souffrance, c'est la plus ultime connaissance que l'on a de soi-même, au-delà de l'identité... " Je suis convaincu de cette relation entre identité et douleur... Vous connaissez cette histoire du vieux juif emmené par les nazis pour être fusillé ? Il marche dans la neige, tombe et finalement s'arrête parce que tout est devenu au-dessus de ses forces. Un SS assez gentil lui dit : mais je peux te fusiller là grand-père, ce n'est pas utile de continuer... Le vieil homme, qui sait pourtant que tout au bout de son supplice il y a la mort inéluctable, répond : ah non, non non et non, je vais y arriver...

« Voilà, c'est cette rencontre avec la souffrance la plus intense que je veux filmer, car c'est elle qui nous détache du monde, nous isole de tout pour que, sans miroir ni artifice, nous puissions *voir* qui nous sommes, sans stratégie, sans dessein, et obtenir de l'existence, avant de mourir, cet ultime Polaroïd : l'instant d'une vie où plus rien n'est envisageable... »

La voiture fit une légère embardée. Un poids lourd arrivant en face venait de déborder dans un virage... Le vieux cinéaste s'était interrompu quelques secondes, le temps que les pneus aient cessé de crisser et que s'impose le seul ronronnement de la climatisation.

Un instant de bonheur

« ... Pour celui qui veut faire un jour connaissance avec lui-même, et si le hasard ne le met pas comme ce vieux juif en relation avec la haine ordinaire et l'hystérie de l'Histoire, il doit, tel un chasseur à l'affût, traquer la plus extravagante des séductions afin, qu'une fois perdue, il puisse faire alors cette ultime rencontre avec son malheur. »

Le vieil homme se tut, tenta de tirer quelques bouffées du cigare qu'il mâchonnait tout en parlant et qui s'était éteint. Les deux comédiens, quelque peu décontenancés par cette entrée en matière, se regardèrent. Le jeune homme, comme il en avait pris l'habitude chaque fois qu'il se sentait embarrassé, se mordilla légèrement la lèvre inférieure. La jeune femme, elle, sourit, puis détourna le visage vers la mer, vers le lointain, comme si elle ne regardait rien.
Parker à Elsa Lee : « Dites-leur s'il vous plaît ces vers de Hölderlin que j'aime tant. »
La femme jeta un regard dans le rétroviseur et commença :

> « *Furchtlos bleibt aber, so er es muß, der Mann*
> *Einsam vor Gott, es schützet die Einfalt ihn,*
> *Und keiner Waffen braucht's und keiner*
> *Listen, so lange, bis Gottes Fehl hilft.* »

La dernière passion

Parker ferma les yeux et traduisit. Lentement, d'une voix tout aussi énigmatique que les vers de Hölderlin :

« *Mais l'homme, quand il le faut, peut demeurer sans peur*
  seul devant Dieu. Sa candeur le protège.
  Et il n'a besoin ni d'armes ni de ruses
  jusqu'à l'heure où l'absence de Dieu vient à son aide.

Vous voyez, ajouta le vieil homme, ce n'est pas, pour le poète, la présence de Dieu qui rassure l'homme, mais son absence. »

Ils étaient arrivés. Parker avait aussitôt conduit les deux jeunes acteurs au-delà de la maison. Quand ils eurent longé la piscine ils s'approchèrent du bord du rocher. La mer, une centaine de mètres en contrebas, s'étendait devant eux à perte de vue. Ils se retournèrent. Tout était paisible et cette maison blanche ressemblait à un palais que des ifs et des cyprès droits comme des sentinelles protégeaient, immobiles, puisque aucun vent n'était là pour les balancer.

Pierre et Laura, c'étaient les prénoms des deux comédiens, n'avaient reçu ni scénario, ni synopsis.

Un instant de bonheur

Ils avaient accepté de faire ces essais sur le seul renom de Parker. Aussitôt arrivés dans leur chambre qui donnait sur le devant de la maison avec la mer pour horizon, Laura sortit une paire de hauts talons – elle n'en portait jamais – uniquement pour s'habituer à marcher avec, d'une manière naturelle, au cas où un film l'exigerait. « Tu pourrais te mettre en vacances de temps en temps », lui dit Pierre.

Mais elle continua d'aller et de venir sur les dalles rosées de la chambre en faisant son horrible clic-clac, un livre ouvert à la main. Qu'elle lisait ou faisait semblant de lire. Il continua...

« Et toi tu marches, tu lis comme si on n'avait rien entendu... C'est terrible ce que Parker vient de nous raconter. Comme si notre vie était résolument vouée au malheur...

— Toi bien sûr, une piqûre te rend hystérique ! D'ailleurs, il n'a pas dit ça. Le malheur on peut évidemment le rencontrer tous les jours, n'importe où, ici... Lui, il a parlé de la conquête du plus grand malheur pour faire une connaissance ultime de soi-même.

— Mais il faut bien se connaître pour être capable de repérer dans tout ce chaos, la chose, l'être ou l'évènement qui va bouleverser et dont la perte conduira au plus extrême malheur.

— Toi et ta manie de toujours " vouloir "... La séduction n'est faite que de hasards, d'élans passagers provoqués par la vanité, le désir de conquête,

La dernière passion

la morale, l'orgueil de cette morale... Ecoute, petit mec ! »

Elle lut à haute voix, tout en continuant son entraînement hauts talons à travers la chambre...

« Nous avions embarqué sur ce rafiot parce que nous savions qu'il pouvait exister quelque chose de l'autre côté du monde... Ce quelque chose nous n'aurions pu le définir, encore moins l'imaginer. C'était de la vie sûrement. La vie, ce mot nous le détenions pourtant depuis toujours dans nos corps et il n'avait d'autre signification que respirer, manger, souffrir, pleurer, dormir. Elle était un programme inventé par d'autres et le plus terrible était de savoir à l'avance qu'il n'y aurait pas de destin de rechange. Ce que nous partions conquérir en montant sur ce bateau, c'était l'autre vie, persuadés cette fois de la remplir d'autres mots encore, aimer, rire, danser, croire, mais surtout d'inconnu. Comme Ulysse, nous étions des gens pauvres et simples, et n'avions aucune certitude, sinon celle de l'existence de cet ailleurs, convaincus que la vie est multiple et que nous étions uniques...

— C'est de qui ?

— Peu importe, les mots des livres sont à tout le monde. Ils sont à moi puisque je viens de te les lire, à toi puique tu viens de les écouter, et c'est exactement cela que j'avais envie de te dire à cet instant. »

Ils s'étaient regardés comme s'ils découvraient la cruauté dont ils pourraient être capables, un jour, plus tard, quand le moment serait venu de ne plus

Un instant de bonheur

exécuter les gestes d'amour auxquels ils étaient habitués depuis quelques mois et qu'il faudrait alors les remplacer par de l'absence et des silences.

« Piña colada, véritable mezcal d'Oaxaca, Jack Daniel's, saké, Zubrowka, velvet-pousse-l'amour ? proposa Bernard-Noël Petit, dit BNP, le producteur. Et pour les amateurs... cigares, de Cuba bien sûr : Romeo y Julieta, Partagas, Upmann et Cohibas, la marque préférée de Castro...
— Un Perrier-rondelle, demanda Laura...
— Vous avez honte, j'espère ? »
Chacun choisit selon ses goûts ou en fonction de l'opportunité présente de tester une denrée au nom aussi évocateur qu'un prospectus d'agence de voyages. Autour de la piscine : Luis Parker, Elsa Lee, BNP le producteur, Pierre et Laura, et Paul Furnel le co-scénariste du film. Une jeune femme, allongée sur un minidivan flottant, stagnait au milieu de la piscine. Le producteur lança « il y a aussi une Heineken pour toi, beauté ! ».

« J'ai horreur des femmes qui boivent de la bière, chuchota Laura à Pierre. »

« Regardez ce luxe autour de nous ! dit BNP. Cette piscine de rêve, les hibiscus, les bougainvillées et ce coucher de soleil qui nous attend. Laura, vous ne préféreriez pas tourner dans un film qui parle de votre génération, avec de la haine, de la violence, de l'amour, de la guerre...

La dernière passion

— De l'émotion, ajouta Parker qui connaissait ses classiques. De l'émotion... C'est ça un film. Le reste ce sont des ingrédients qui passent tous les soirs au journal télévisé.

— Dites quelque chose, Furnel ! Vous êtes payé pour que l'on fasse des entrées, non. C'est inouï quand même. J'ai versé des centaines de milliers de dollars parce que je croyais que l'on allait tourner la vie d'un dandy pédéraste extravagant qui tous les soirs se rendait au *Savoy* pour y faire scandale... Puis (il s'adressa aux acteurs) j'ai reçu un jour un télex avec une phrase minuscule en guise de synopsis... Dites-la-moi, Parker, avec tous ces chiffres, je n'ai plus la mémoire des mots... »

Le cinéaste fit un geste vague en direction d'Elsa Lee qui, habituée à être le répertoire des citations, était prête à s'exécuter :

« C'est une phrase du *Voyage au bout de la nuit*, dit aussitôt Parker en reposant le verre qu'il tenait près de ses lèvres.

— Voilà. On ne veut même pas me la redire, mais j'ai reçu une phrase et j'ai continué à verser des dollars, des francs et des marks pour ce... monsieur ! »

Il avait feint un total mépris. Puis, sans transition, et tout sourire, il se leva, un verre à la main et porta un toast : « A ta santé Luis Parker, à ton talent, à *la Dernière Passion*, aux jeunes amoureux... Et que vous creviez l'écran bon dieu ! »

Furnel, qui n'avait pas encore parlé, but une gorgée et dit :

Un instant de bonheur

« C'est autour de cette mer que le monde dans lequel nous vivons s'est édifié... La Palestine, l'Egypte, la Grèce... Rome. C'est ce même climat, ce même bleu du ciel et de la Méditerranée, ces mêmes rochers et ces cyprès qui ont accompagné des générations d'hommes et d'idées pour parvenir à ce que nous sommes aujourd'hui, à ce que nous pensons et rêvons...

— Moi, je ne pense pas, je ne rêve pas, je paye... dit BNP. Je perds mes cheveux, je grossis et je paye... Je ne suis pas amoureux, je ne sais toujours pas ce qu'est le cinéma et je paye ! »

Parker se pencha vers Laura et murmura, pour elle seule : « Regardez. Ne pensez à rien d'autre qu'à cet instant – comme s'il n'allait jamais en venir d'autre comme celui-là – jouissez de la lumière, de la douceur de l'air, de ce ciel couchant grandiose, de la mer, de la beauté de cette maison, de votre sentiment pour Pierre à cette seconde. Si vous parvenez à ressentir tout cela, cette intensité, alors, sans souvenir, sans pensée pour le futur, vous pouvez dire que l'existence est magnifique. Parce que vous ne vous sentirez pas posée sur le monde comme un bibelot sur une cheminée, mais à l'intérieur de lui, comme lorsque vous n'étiez pas née. Ce sont ces instants qui nous délivrent de tous nos maux et nous offrent sur un plateau un univers sans limites, et pourtant à notre exacte mesure. »

La dernière passion

C'est alors que des sarcasmes fusèrent de partout. Ils ordonnaient expressément au jeune Pierre de se méfier des metteurs en scène qui n'entreprennent leurs films que pour séduire les actrices... Parker souriait en regardant... Laura... Mais il s'adressa cette fois aux deux jeunes comédiens :

« Le jeu c'est votre travail. Etre acteur c'est reproduire sur une scène irréelle le sérieux de la vie, mais en en éliminant les fardeaux. J'ai cette chance qu'il existe deux jeunes comédiens, vous, qui correspondent à ce que j'imaginais et qui en même temps vivent une réelle histoire d'amour. Quand il s'agira de jouer la déchirure, de jouer la souffrance d'un amour terminé, vous ne pourrez pas ôter de votre esprit une partie de ce fardeau de la vie dont je parlais, puisque forcément vous vous imaginerez, dans le même instant, exécuter une scène hypothétique de votre propre avenir. Ce sera le jeu, plus le fardeau.

– C'est une perversion que je ne vous avais pas encore connue, dit Paul Furnel, histoire de relancer la conversation pendant qu'ils s'installaient à table.

— Non, un souci de la perfection », répondit Parker à son scénariste.

Ils dînèrent dehors. Le silence autour d'eux était parfois pesant. Même le chant des cigales semblait venir de trop loin, comme la rumeur de la mer, pour troubler cette tranquillité.

Un instant de bonheur

Elsa Lee, n'étant pas du soir, disparut assez tôt. La jeune fille qui aimait la bière avait plongé dans l'eau illuminée de la piscine, juste avant le café, puis était rentrée voir à la télévision un film avec Richard Gere... Des effluves de parfums végétaux venaient flotter autour de la table et disparaissaient. Parker avait pris une pile de compact-discs et, face au large, comme installés sur une proue de bateau, tout en haut de leur rocher, les cinq qui étaient restés écoutèrent les musiques que Furnel et son metteur en scène écoutaient lorsqu'ils écrivaient le scénario : Mahler, Mozart, Rachmaninov, Fauré...

BNP et Luis Parker se levèrent et marchèrent un peu à l'écart sur la pelouse qui menait à la maison, effectuant de lents aller et retour.

« Je n'ai pas voulu en parler devant vos acteurs, mais il y a toujours quelques difficultés à trouver la fin du financement... C'est pour ça que je pars demain matin... Je vous appellerai dès que j'aurai du nouveau...

— Moi, comme tous les matins, j'irai nager au milieu de la mer en attendant que la maison s'éveille.

— Vous la trouvez... heu, comment dire... assez sexy cette petite Laura ?

— C'est de ces visages innocents que naissent les plus grandes tragédies, répondit Parker avec assurance, parce qu'ils semblent ne receler aucune des ruses de la séduction... Mais c'est leur ruse

La dernière passion

suprême : nous faire croire que cette absence d'artifice ne peut que conduire à la sérénité. Alors que c'est le contraire qui se passe. Le piège est à double détente et d'autant plus implacable. Pierre ne sait pas encore que c'est lui le faible et que c'est lui qui, pour le moment, aime le plus. Elle, elle sait tout cela. Et ce sont ces secrets enfermés dans le visage des acteurs que le cinéma sait fracturer. Nous sommes des cambrioleurs d'âmes, vous le saviez, n'est-ce pas ?

— Et moi, un pilleur de banques... Pour vous servir... »

Paul Furnel était resté aux côtés de Pierre et Laura. Ils écoutaient *Idyll for strings* de Janáček. Le scénariste aurait bien aimé parler de ce roman qu'il écrirait, dès que le tournage aurait commencé. Mais ce soir il consignerait, comme chaque soir, sur les pages d'un cahier cartonné, le récit des évènements de la journée, de ses discussions et points de discorde avec Parker. Le journal d'un film en quelque sorte... Il savait que tout ce matériau emmagasiné pendant des mois en vivant près de ce vieux bonhomme qui avait connu les camps nazis, la peur, l'exil et la notoriété serait un vrai trésor.

« Luis vous a parlé un peu du film ?

— Très peu, dit Laura. Il y a cette idée de connaître la plus grande passion...

— La dernière, précisa Furnel.

— Oui. Connaître la dernière passion pour rencontrer le plus intense des malheurs. »

Un instant de bonheur

Le scénariste s'adressa au jeune acteur : « Ce serait quoi aujourd'hui votre plus grand chagrin ?
— La perdre, répondit-il aussitôt, en désignant Laura.
— Et vous Laura ? »
Elle hésita, puis lança :
« Je ne suis pas obligée de vous répondre ! »
Pour couper court, Furnel parla de ses désaccords avec Parker, sur cette supposée stratégie de l'existence qui consisterait à rechercher dans les séductions qu'elle nous présentait, celle, fatale, qui nous ferait basculer vers une connaissance de soi qui nous aurait échappé jusque-là.

« Moi, je crois au mouvement, au hasard... dit-il. Parfois, il suffit de croiser un regard, d'être sur un quai à attendre quelqu'un, de regarder la mer se mêler au soleil, comme ce soir, pour se dire que le monde est grandiose, simple, et que c'est une chance inouïe d'avoir à vivre cette vie-là. D'autres fois, tout ressemble à une décharge publique, et les êtres et les objets sont fripés, meurtris, écorchés. Le sentiment est alors qu'il eût été préférable que nous soit épargné ce fardeau de vivre. Cet éternel retour au malheur après de courts instants passés à vivre l'oubli de soi semble être le mouvement régissant chacune de nos histoires.

— Et pourquoi pas l'éternel retour au bonheur ?
— Puisque le malheur fit partie de notre condition, il a bien fallu inventer quelque chose qui semblât être son contraire : le bonheur. Mais ce mot ne

La dernière passion

renferme aucune réalité. Il est rempli d'obsessions, d'imaginaire et de projections, mais d'aucune expérience. Béatitude, sérénité ou encore indifférence semblent être des mots où le malheur parvient à être conjuré. Mais l'absence du malheur, ce n'est pas le bonheur.

— Ce que vous êtes pessimiste ! dit Laura.

— Lui, oui, dit Parker qui venait de les rejoindre et avait entendu. Moi, je ne crois qu'aux miracles. »

BNP était parti rejoindre Miss Heineken. Luis Parker, très vieille France, ou très vieille Allemagne, baisa la main de Laura et dit, quand il eut relevé les yeux : « Vous êtes magnifiquement belle quand vous êtes en colère. Je saurai m'en souvenir. »

Avec ce regard qui semblait percer les secrets et deviner le prochain projet, il les observa tous les deux.

« Avant de vous quitter, je veux encore vous parler de notre film, c'est-à-dire du malheur, puisque c'est le sujet. On ne connaît l'intensité d'une séduction — tout ce qui nous attachait à elle — que lorsqu'elle a disparu... Le malheur survient lorsque se produit l'évènement qui anéantit ce à quoi on tenait le plus. Pour un président de République c'est redevenir un citoyen ordinaire, pour un golden boy c'est un krach boursier...

— Et pour un cinéaste, ne plus pouvoir faire de film », dit Furnel, les yeux fermés, tournés vers le ciel.

Un instant de bonheur

Parker continua...

« Pour un homme amoureux, c'est perdre l'objet qui occupait toutes ses pensées et tous ses rêves. Le malheur revêt toujours le visage de la guerre. Parfois elle est réelle avec des bruits de bombes, des morts et concerne des millions d'autres personnes, parfois – et le résultat est identique – une seule personne est concernée, vous, et c'est le même deuil. Un monde ancien qui se brise, le ventre et le cerveau qui se déchirent et il faut alors apprendre à exister avec son corps, rien que cette machine à vivre, nu, sans rien qui relie à quelque autre objet du monde, sinon cette brûlure incessante qui réveille la nuit, et veille le jour à embellir le souvenir de ce qui a désormais disparu. »

Il salua Pierre, fit un signe à Furnel, puis s'éloigna.

La musique s'était arrêtée, les trois restèrent sans mot dire. Les jeunes acteurs semblaient anxieux de se retrouver face à face, seuls dans leur chambre. Il s'était dit de drôles de choses au cours de cette journée ! et même si le scénariste ne leur était pas très sympathique avec son air revenu de tout, la douceur de la nuit après la canicule les rendait néanmoins plus paisibles.

Furnel aurait aimé parler. Débarrassé de la présence envahissante de Parker il aurait aimé montrer qu'un scénariste a son autonomie, et une manière

La dernière passion

personnelle de porter un regard sur le cinéma... Au lieu de cela, il but un nouveau verre... « Vous verrez comment Parker, sans manifester une quelconque autorité, saura révéler ce qu'il y a en vous de plus inattendu, de violence, de passion...

— De beauté aussi j'espère ! » dit Pierre.

Laura venait de lui faire un signe, invisible pour Furnel.

« Au cas où nous tournerions demain, il faudrait aller dormir... »

Elle prit la main de son ami.

« Bravo, très professionnel ! » ironisa Furnel.

Ils se dirent bonsoir.

« Qu'est-ce qu'il peut être emphatique ! murmura la jeune femme quand ils se furent éloignés.

— Moi, je le trouve intéressant... »

Dans la chambre, Laura dit qu'elle aurait bien aimé marcher ou s'asseoir au bord du rocher pour imaginer la mer en écoutant seulement le bruit des vagues.

« Pourquoi tu as hésité tout à l'heure ?

— De quoi tu parles ?

— Ne fais pas semblant d'avoir oublié, Laura... Quand il a posé la question du plus grand chagrin.

— Je n'avais pas envie de répondre.

— Moi, je n'ai pas hésité, dit Pierre... J'ai tout de suite pensé à toi.

— Moi j'ai hésité, parce que je ne savais pas. Mais, si tu y tiens, je te promets de faire comme cette courtisane japonaise qui avait établi *la liste*

Un instant de bonheur

" *des choses qui font battre le cœur* ", et de te remettre la liste des choses qui séduisent Laura, actrice de vingt-trois ans qui déteste les interviews, déteste livrer ses secrets et qui ce soir a ses règles. Bonne nuit petit mec ! »

Parker nageait. Autour de lui, la Méditerranée.
Le soleil à peine levé, il s'était éloigné de la maison endormie. Il aimait cette sensation d'être un point perdu, pour aller le plus loin possible, disparaître au milieu des vagues, sachant seulement de quelles forces il aurait besoin pour son retour. Nager et ne penser à rien. Ou plutôt, à tout. Comme si l'eau était la partition d'une sonate indéchiffrable, il imaginait que son corps effleurait la mer, soutenu par elle, en apesanteur, et flottait dans la musique, léger... Avoir gagné cela du monde, la légèreté.
Laura, attirée par ce premier matin, voulut profiter de la lumière sur la Méditerranée. Elle s'était levée et, par la fenêtre, elle aperçut ce point dans l'eau. A la crinière blanche, elle reconnut Parker. Que penser de cet homme ? Elle trouvait en lui une image de talent et de vieillesse mélangés qui lui donnait envie, pour la première fois de sa vie, de gagner des années afin que se portent sur son visage à elle, les marques du temps : porter son existence sur son corps, et que cela se voie... Aujourd'hui, chacun voulait être jeune, garder comme une pierre

La dernière passion

précieuse cette partie de soi où la peau, intacte, imperméable au temps, ne savait qu'offrir de l'espoir, mais aucune histoire.

La maison s'éveillait, Parker décida d'accélérer les choses.

L'équipe technique venait d'arriver pour le petit déjeuner. Parker distribua à Laura et Pierre quatre feuillets, la scène à jouer. Les essais se feraient l'après-midi même. Il demanda qu'on installe le travelling, de la piscine au rocher surplombant la mer. La scène commencerait au moment où Pierre, sortant de l'eau, viendrait s'allonger près de Laura. Il y aurait une discussion banale à propos d'une marque d'huile solaire, puis Laura annoncerait qu'elle veut rentrer à Paris. Comme ça.

« Comment, comme ça ?

— Je ne me plais plus ici... Je ne m'y sens plus belle. Je voudrais... Je veux voir des visages, entendre du bruit, entendre la vie qui bourdonne autour de nous pour nous appeler à faire des milliers de choses...

— Mais c'est une parenthèse... On est en vacances !

— Je hais les parenthèses... »

Ils répétèrent la scène en marchant sur le gravier du parc pendant que les machinistes installaient les projecteurs, les réflecteurs et le pied de la caméra sur les rails de travelling. Parker portait un panama blanc, un costume blanc et, à son cou, pendait un œilleton dans lequel il regardait à tout moment.

Un instant de bonheur

« Il faut choisir l'espace exact dans lequel les mots seront prononcés. C'est très important, car la tragédie ne se déroule jamais dans des lieux de hasard. Parfois il y faut du ciel, parfois, les seuls visages suffisent puisque c'est une histoire entre un homme et une femme. Mais, à un moment précis, l'espace et l'horizon sont nécessaires, car la tragédie de ces deux êtres, seuls et uniques, vient de se relier à toutes les tragédies du monde. »

Il tira un nouveau cigare de la poche de sa veste et pendant qu'il l'allumait, dit encore à ses comédiens : « Vous avez déjà vu ces hologrammes en cartes postales. Eh bien, si vous coupez un petit morceau de la carte, vous aurez – en un peu moins précis – exactement le dessin ou la vue représentée sur la carte tout entière. C'est étrange, n'est-ce pas ? Quelques physiciens pensent que chaque infime particule élémentaire détient toutes les informations de l'univers... S'il se révèle un jour qu'ils avaient tort, ça m'aura beaucoup fait rêver de penser une partie de ma vie qu'ils avaient raison. »

Furnel, qui s'était réveillé tard, fut surpris par tant d'agitation. Une tasse de café à la main, il se balada sur ce lieu où s'entremêlaient à présent des fils électriques et des trépieds de projecteurs, et salua des techniciens qu'il connaissait. Il s'attarda un moment avec le directeur photo, un Italien qui avait été des deux derniers films de Parker, puis vint rejoindre les deux acteurs qui marchaient,

La dernière passion

des feuilles dactylographiées à la main. « Bien dormi ? » Ils firent un signe, sans répondre. Il les accompagna un instant... « Je ne sais pas ce que Parker a mijoté pour vous, mais il a pour habitude de faire des cadeaux à tous ses acteurs. Vous savez, un jour, il tournait avec deux stars américaines qui étaient mariées, mais sur le point de se séparer. Le premier soir du tournage, dans leur chambre, ils ont découvert sur leur oreiller deux pistolets à barillet et, dans un écrin, à côté de chacun d'eux, une balle en or... »

Dès midi, chacun sut que la chaleur serait identique à celle de la veille, écrasante. Elsa Lee traversa la pelouse en courant pour tendre un fax à Parker. Il lut sans sourciller, chuchota quelques mots et le lui rendit.

Il avait été décidé de tourner à 16 heures.

Pendant le déjeuner, Furnel vint retrouver l'équipe déjà à table, un tome du *Petit Robert* sous le bras. Comme si chacun n'était venu que pour ça, il lut à haute voix : « *Essai : Opération par laquelle on s'assure des qualités, des propriétés d'une chose ou de la manière d'user d'une chose en la plaçant dans les conditions prévues pour son utilisation...* »

« Vous voyez, dit-il à l'adresse des comédiens, nous allons nous assurer de vos qualités et... »

Parker l'interrompit sans ménagement. « Ces essais, comme ce film, sont inspirés de l'esprit de

Un instant de bonheur

Montaigne, qui disait : " J'ai assez vécu pour mettre en compte l'usage qui m'a conduit si loin. Pour qui en voudra goûter, j'en ai fait l'essai... "

« C'est ce film, *la Dernière Passion*, qui est un essai. A présent, le scénario est terminé, l'intrigue est nouée, écrite, figée déjà dans le temps. Pour moi, comme pour vous, la vie avec ses tracas, ses contrariétés et ses petits bonheurs va continuer parallèlement à lui. Mais le cinéma ne remplace ni la vie, ni le chaos dont elle est faite. C'est au contraire une mise en forme, une tentative pour réduire le désordre dans lequel nous basculons à chaque seconde et que rien ne peut entraver, sinon ces perfections venues de l'art et qui anéantissent provisoirement la quête du monde vers le rien. »

Bien avant seize heures, les projecteurs furent allumés. De grands panneaux blancs de polystyrène cherchaient le soleil pour reporter sur le visage des acteurs une lumière adoucie. La caméra, une Arriflex 35, avec un énorme pare-soleil autour de l'objectif, une fois installée sur son socle, ressemblait à une divinité sombre descendue spécialement pour explorer le mystère des sentiments humains. Une maquilleuse prépara les visages des jeunes acteurs qui allaient devoir trouver à l'intérieur de leurs âmes ce qu'il faudrait de cruauté pour entrer et exister sur la scène du jeu inventé par Luis Parker. Comme ces boxeurs que tout va opposer, ils ne se parlaient plus, chacun se remplissant de cet autre qu'il allait falloir interpréter, sachant, comme

La dernière passion

l'avait annoncé Parker la veille, que le fardeau de leur vie ne parviendrait pas à en être absent.

Parker vint encore leur chuchoter ses dernières recommandations... « J'ai voulu que les héros du film portent vos prénoms. Ce sera plus étrange entre vous... N'oubliez pas, Laura, vous venez de prendre une décision grave, et vous ne savez pas l'expliquer. Mais quitter Pierre est soudain devenu essentiel. Vital. Vous Pierre, vous voulez raisonner, alors qu'il n'y a pas de raison. Vous cherchez des faits, les mots dits et qu'il n'aurait pas fallu prononcer, vous vous heurtez à un mur... »

Moteur! lança Parker, puis *action!* et Pierre sortit de la piscine pour venir s'allonger près de Laura. Ils parlèrent d'huile solaire et de ce retour précipité vers Paris qu'elle venait de décider.

« Viens, dit-elle, ne restons pas là, allongés comme des serpents au soleil, le nez au ras de la mosaïque d'une piscine. Ce que j'ai à te dire mérite un paysage plus grandiose. »

Ils s'étaient levés. Parker suivait avec une extrême attention chaque geste, chaque mouvement de visage, chaque inflexion de voix des comédiens. Les machinos poussèrent le travelling vers la mer, précédant le couple.

« Tu dis toujours " moi " et jamais " nous ". Je veux rentrer à Paris parce je te regarde et que quelque chose a disparu de mon regard. Je ne sais si cela s'appelait attendrissement, amour, mais je sais qu'à ces moments-là tu étais le monde entier pour moi.

Un instant de bonheur

Rien d'autre ne m'a fait plus pleurer que toi. Pas de tristesse. Je pleurais, c'est tout.

— (Il la prend par la taille.) C'est l'innocence qui s'est perdue... Maintenant, tu calcules. Tu penses sans cesse : est-ce qu'il restera fidèle, est-ce que l'on sera ensemble dans dix ans ? Tu réfléchis sur l'avenir et tu ne parviens plus à être présente...

— Je n'ai jamais été aussi présente puisque je te dis avec ma voix, pour que tu les entendes, les sentiments qui sont à l'intérieur de moi... »

Ils se faisaient face. Au bord du rocher, la caméra à présent derrière eux les cadrait avec le ciel et le bleu de la mer. Laura continua...

« J'aimais ton regard Pierre, ta bouche, tes mains, ton intelligence, le son de ta voix, mais toutes ces choses ne parvenaient pas à construire, dans ma tête, une personne...

— J'aime ton regard, ta bouche, tes seins, ta peau, tes cuisses, la fraîcheur de ton âme, et tout cela fabrique une personne que j'aime... Une femme...

— Je veux partir... Sans toi, si tu veux rester. Tout à coup, je sais que je vais mourir si je reste là.

— Mais moi, je ne veux pas que tu partes !

— Tu ne peux rien contre ça. Tu as toujours cru que tout allait de soi... Mais rien ne va de soi, jamais. La vie, c'est du tourment et de l'inquiétude... (Elle regarda Pierre bien en face, pendant que la caméra cadrait leurs deux visages, découpés sur la mer.) Et tu n'as jamais été inquiet de moi. Voilà. »

La dernière passion

« Coupez ! » cria Parker. Puis, il fit rejouer la scène quatre fois encore, jusqu'à ce que le visage de Laura soit totalement en larmes au moment de prononcer les derniers mots.

Il remercia les acteurs et les techniciens. Pendant le tournage, Elsa Lee avait fait plusieurs pellicules de photos, et sur un grand bloc, n'avait cessé de prendre des notes.

L'équipe commença le démontage. Pendant que l'on s'installait autour de la piscine, Pierre et Laura rentrèrent dans leur chambre pour le démaquillage.

Ce deuxième soir ne fut pas identique à celui de la veille. Une sorte de désenchantement s'était introduit au milieu de tout ce monde. Ce qu'il signifiait, ou quelle était sa cause, personne ne pouvait le dire, mais il était là, présent dans les têtes. On se regardait avec un vague sourire qui disait oui, oui, moi aussi je sens quelque chose, mais... Ce nouveau silence de Parker n'y était sans doute pas pour rien. Le fait aussi, imperceptible, que depuis le début de la soirée il s'adressât fréquemment à Elsa Lee, et à personne d'autre, contribuait à accentuer le malaise. Lui qui aimait tant parler haut, mettre en avant cet accent impossible, il chuchotait à présent. Mais tout le monde savait que là n'était pas la cause de ce charme interrompu.

Laura et Pierre restèrent longuement au bord du rocher. Ils se découvraient étrangers. Les mots du

Un instant de bonheur

film, cet après-midi, Laura savait qu'ils étaient venus dans sa bouche naturellement, comme si elle s'était apprêtée depuis quelque temps à les prononcer. Furnel traînassait un verre à la main, lançant au passage des remarques sur l'immensité des choses... Puis, venant se poser à côté des comédiens, sans les regarder, le visage tourné vers l'obscurité de la mer, il lança :

« Je vais vous dire la phrase qui servit de synopsis à notre film. Elle dit exactement ceci : *C'est peut-être ça qu'on cherche à travers la vie, rien que cela, le plus grand chagrin possible, pour devenir soi-même avant de mourir.* »

La nuit était radieuse et une partie des techniciens jouait aux cartes près de la piscine.

Elsa Lee et Luis Parker s'étaient retirés. Dans la partie de la maison qui leur était réservée, tout contribuait à ce qu'ils puissent cohabiter, travailler, sans se gêner. La plupart du temps, ils réglaient ce qui concernait le travail dans le grand salon commun, puis prenaient ensemble la direction de leurs chambres pour se séparer sur un grommellement qui devait signifier bonsoir. Cette fois, Parker suivit Elsa dans sa chambre et s'affala sur le lit en arrivant. « Voilà, c'est terminé, dit-il.

— Pour ce film-là ! Mais il en reste d'autres à entreprendre », répondit-elle sans trop y croire.

Dans l'après-midi, il y avait eu ce fax de BNP, puis un coup de téléphone, juste avant le dîner. « Impossibilité de continuer, deux banques vien-

La dernière passion

nent de se désister... Il est des moments où il faut savoir s'arrêter et ne pas insister », avait dit le producteur. « C'est la première fois qu'il dit quelque chose d'intéressant », ricana Parker.

Sans la regarder, mais s'adressant à elle, il demanda à Elsa pourquoi elle était restée si longtemps auprès de lui... « Vous saviez que cette histoire était morte depuis longtemps et que je ne vous aimais plus... Que je ne vous avais peut-être jamais aimée...

— Je savais tout cela, répondit-elle, mais il est un enracinement dans (elle hésita) l'amour qui ressemble à celui d'un arbre ou de certaines plantes qui ne peuvent vivre que dans une seule région du monde. Et pas ailleurs. C'est là, et uniquement là qu'elles s'accrochent à la terre, qu'elles s'élèvent vers le ciel... Pas ailleurs... »

Il montra à Elsa la chaîne qu'il portait autour du cou et le minuscule pendentif en argent qui y était accroché. « A l'intérieur, il y a ce parfum que vous portiez lorsque je vous ai rencontrée à Berlin...

— Sur *Unter den Linden...* Je me souviens.

— Je l'ai toujours porté sur moi, comme une amulette. Vous connaissiez ce secret ?

— Ça ressemble à de l'amour !

— Non Elsa... Un jour, vous m'avez dit " vous les hommes ". Eh bien, " nous les hommes " sommes des collectionneurs d'objets, d'odeurs, de corps, de parties de corps, et ce parfum ne représente pas mon amour pour vous, seulement l'amour d'un instant : celui de cette rencontre. »

Un instant de bonheur

Ils se tinrent les mains, longuement.
Luis Parker commença...
« *Pour voir que tout s'en est allé.*
Pour voir les creux de nuages et des fleuves... »
Elsa Lee continua...
« *... Donne-moi tes mains de laurier, mon amour.*
Pour voir que tout s'en est allé. »
« Lorca à New York », dirent-ils ensemble.
Parker avait retiré ses mains de celles d'Elsa et s'était levé. Elle murmura cette dernière phrase : « C'est tout cela qui aura été ma joie d'être auprès de vous : partager avec quelqu'un, et au même moment, les mêmes goûts, les mêmes attirances pour tout ce qui est la vie et l'au-delà de la vie, l'art, la poésie, le cinéma : les lieux mêmes où se nouent nos existences. »

Au petit matin, Laura se préparait à partir. Seule. Pierre dormait encore. Par la fenêtre, elle regarda la Méditerranée. Parker nageait. Il n'était qu'un point blanc au milieu de la mer.

UN INSTANT DE BONHEUR

« Il a dit quoi le médecin ?
— Rien, il a souri et m'a donné des fortifiants. Un gramme de vitamine C par jour et un peu de magnésium...
— En ampoules ?
— Oui.
— C'est mieux, les comprimés foutent l'estomac en l'air. Alors, il souriait quand vous lui parliez de ces tenailles qui vous étreignent le ventre, de vos insomnies et de votre fatigue à vous garder au lit toute la journée ?
— Oui, il souriait. Il a dit, tout le monde est comme ça en ce moment, épuisé. Il a dit, c'est l'époque. Tout le monde est à cran et il n'y a pas de médicaments pour les fins de siècle... »

Madame Rykiel, ma concierge était, par habitude, mal en point. Lorsque je lui disais, par politesse pure, « ça va, madame Rykiel », sans monter le ton de la voix, sans point d'interrogation, une virgule à peine ou alors trois petits points de suspen-

Un instant de bonheur

sion, elle répondait avec une belle constance, « faut bien ! », que j'entendais cerné de points d'exclamation, devant, derrière, à l'espagnole (elle était née Gonzales).

Aujourd'hui, première semaine de l'année, elle me remercia pour mes étrennes. Elle ajouta, sans citer de noms, mais en levant les yeux au ciel pour indiquer les étages de l'immeuble, qu'il y en avait de bien plus riches que moi qui ne lui donnaient rien, même pas un sourire. Je coupai court, pris mon courrier et appuyai sur l'appel d'ascenseur. « Au fait, me dit-elle, un jeune homme est venu vers les cinq heures, il avait rendez-vous... » J'avais complètement oublié ! Mon nouveau secrétaire. « Vous l'avez trouvé comment ? demandai-je.

— Beau garçon, dit-elle, habillé d'un chic... On aurait dit Fox Mulder quand il découvre, avec Dana Scully, la momie aux yeux rouges.

— De qui me parlez-vous, madame Rykiel, qui sont ces gens ? »

Elle me regarda étonnée, une demi-teinte de condescendance affichée sur le visage.

« C'est le feuilleton sur l'au-delà, la mort et les martiens. *Ixfil*, tout le monde regarde ça à la télévision ! »

Dans l'ascenseur, je m'en voulus de ma négligence. J'avais épuisé trois assistants en cinq ans et, trouver en pleine décadence mondiale un Conrad, étudiant en lettres modernes et curieux de la galaxie Gutenberg, était inespéré. Werther était mort à Ber-

Un instant de bonheur

lin, Ferrante m'avait indélicatement trahi lors d'un séjour à Rome. Restait Walser, avec qui j'avais entretenu un lien d'amitié pendant plusieurs années et qui avait été extrêmement présent lorsque j'avais sombré dans une extravagante passion pour une hôtesse de passage. Finalement, lui aussi m'avait quitté pour faire un tour du monde en compagnie d'un mannequin pakistanais d'Azzedine Alaïa. Elle mesurait dix centimètres de plus que lui et ça le faisait sourire, « j'ai toujours vu grand ! » disait-il.

Petite annonce habituelle dans la presse : CHERCHE SECRÉTAIRE POUVANT À TOUT MOMENT DEVENIR INFIRMIER/CONFIDENT. En plein chômage à 12 %, les réponses ne s'étaient pas fait attendre, des garçons, des filles, une ex-directrice de banque mise en examen, un expert-comptable, une étudiante de l'institut des parfums... Mais les prénoms annoncés ne me disaient rien qui vaille, des Jean-Marie, des Jacqueline, des Adolphe, des Claude-Philippe. Lorsque Conrad me révéla son prénom, m'avoua qu'il aimait le son maniaque et serein des portables et que de surcroît il avait une grande aptitude à simuler la sérénité, je sus que c'était la seule rencontre possible. J'envoyai un message à son répondeur pour le voir le lendemain, à la tombée de la nuit.

Je ne me souvenais pas des noms d'acteurs qu'avait évoqués madame Rykiel mais, lorsque Conrad se présenta, je trouvai qu'il ressemblait, avec son long manteau sombre et son chapeau, au Delon du *Samouraï*. Visage déterminé, concentré, à

Un instant de bonheur

l'intérieur de soi, comme si les regards et la critique étaient des mondes qui ne l'écorneraient jamais. Sans lui laisser du temps pour souffler ou poser une question, je voulus ausitôt le mettre à l'épreuve d'un écrivain prétentieux : « Vous savez, les romans s'écrivent au jour le jour, sans programme, c'est du surf sur les vagues de l'existence, il faut prendre ce qui monte et ce qui descend, ne jamais tomber et toujours avancer. Vous verrez, c'est très physique, l'obsession du repos, du sommeil indispensable, de la forme quotidienne est permanente, comme s'il s'agissait d'une finale olympique...

— Dans ces périodes, vous êtes odieux, irascible, et cætera ? Ou bien souffreteux, mais rempli d'humanité condescendante pour ce qui n'est pas écriture ? »

Bravo, t'es mûr pour ton âge, toi, pensai-je ! Fluet, pâle, il avait à peine l'âge de Walser, vingt-cinq ans. J'avais un faible pour ces jeunes types qui savent tout avant d'avoir rien fait. L'intuition des choses humaines chez eux pouvait être vertigineuse et ils parvenaient souvent à ce tour de force : trouver exemplaire ce qui n'était en réalité qu'un désastre.

« Dans ces périodes, répondis-je, j'ai surtout besoin de vitamines et d'euphorisants. Plus sérieusement, j'ai une manie, celle des débuts. Des flashs pour transcrire un bref moment vécu ou pas, écrits à toute vitesse, sans a priori ni projet. J'aimerais vous lire ce que j'ai écrit hier soir. »

Un instant de bonheur

Conrad était debout, prêt à partir. Il retira toutefois son chapeau comme pour m'octroyer un intérêt supplémentaire. J'aimais ces instants où rien n'est encore décidé, quand les protagonistes d'une rencontre, écartant une première déception, s'offrent d'espérer encore l'un de l'autre.

Je commençai ma lecture :

« On aurait envie que tout cela se passe sur un bord de mer, qu'il y ait des cris de mouettes, du flux et du reflux, des amants qui courent sur une plage avec un chien et un cerf-volant. Qu'il y ait encore une odeur de gaufres mêlée à celle de l'iode et de l'eau, des cabans qui se boutonnent et des hôtels comme des paquebots avec les volets clos. Que ce soit un somptueux jour d'hiver avec le monde tout autour de ce décor de vagues et nous, à l'intérieur, pour se dire que rien ne vaudra jamais cet instant, même les diplômes, même les décorations, même les discours de réception, que rien ne viendra contredire cet instant et effacer l'illusion du bonheur à venir, d'un bonheur à prendre, car il est là, n'est-ce pas, dans son sarcophage d'or et de transparence, afin que chacun puisse y puiser une once d'espace et de temps et dire ensuite à ses parents, à ses enfants, à ceux qui écoutent et sourient, prêts à partager, dire à ceux-là et même aux affreux-méchants-arrogants : je peux en parler, je l'ai trouvé. C'était un jour d'hiver, sur une plage, il y avait des mouettes de cinéma, des cabans et des hôtels morts... »

Un instant de bonheur

Je posai la page sur une table, près du téléphone. « Vous voyez, c'est bref, ça peut s'arrêter là. On peut imaginer aussi qu'à la suite s'écrira une histoire passionnelle entre deux personnes, ou au contraire, ce qui ne pourra jamais advenir entre elles : la continuation parfaite de l'épisode qu'elles viennent fortuitement de vivre. Vous auriez l'idée d'un titre ?

— Un amour en hiver... » Il n'avait pas hésité. « Euh, non ! Attendez... *Love on the beach*... Trop showbiz, n'est-ce pas ? Plus simple, oui... Voilà ! Un instant de bonheur... »

Moi qui passais des semaines à trouver un intitulé de chapitre, mon cher Conrad inconnu me trouvait illico quelque chose de présentable (je dis mon cher Conrad car, déjà, j'avais le désir de le voir rester, lui parler, disserter avec lui des wonderbras, du pomerol et de l'arrogance des juges d'instruction). « Un instant de bonheur », répétai-je pour entendre ma voix prononcer *mon* nouveau titre.

« Un instant de bonheur, continuai-je, c'est l'apesanteur et les larmes, le privilège instable de ne plus avoir à compter avec l'espoir et de s'abandonner au présent.

— Aujourd'hui, c'est un privilège de pouvoir s'en remettre à l'instant, dit Conrad faussement excédé. (Faisait-il semblant ?)

— Le soleil va mourir dans quatre milliards d'années, lui dis-je. Il y a devant nous le temps pour dix mille révolutions culturelles, dix mille révolu-

Un instant de bonheur

tions idéologiques et sans doute autant de mutations biologiques avant d'avoir à renoncer. Que serons-nous – je veux dire l'espèce humaine – dans quatre milliards d'années ? Pas plus malheureux, pas plus heureux. Notre force, c'est de *faire avec*, tout en ayant le projet implicite de *faire mieux*. Avec un tel bagage génétique, ce n'est pas une petite désillusion conjoncturelle qui va nous saper le moral ! »

Je riais. De rien, c'était nerveux. Je voyais la tête de Conrad se défaire comme s'il entendait un maire Front national entamer un rap zaïrois.

« Vous appelez une petite désillusion conjoncturelle des millions de chômeurs, le désespoir d'hommes et de femmes, l'inespoir de toute une jeunesse ? »

Cette fois, Conrad ne masquait rien de son énervement.

Lire à un inconnu, sans l'inviter à s'asseoir, un texte dont il n'a que faire est forcément exaspérant. Balayer un présent préoccupant au profit d'un avenir lointain n'est pas « sentimentalement correct ». En fait, comme avec les femmes, je m'apercevais qu'inconsciemment ou pas, je faisais tout, dans les premiers instants d'une rencontre, pour me rendre insupportable, apparaître prétentieux, décevant en somme. Sans doute, ne pouvant me contenter d'être un homme aimé, je voulais être préféré.

Je fis un signe à Conrad pour qu'il se défasse de son manteau, qu'il pose son chapeau et que nous détaillions ensemble ce que j'attendais de lui.

Un instant de bonheur

Plutôt que d'adopter une attitude embarrassée et prendre un vague rendez-vous téléphonique, il dit, en manipulant son chapeau entre ses mains :

« Tout s'est déroulé comme je l'avais prévu !

— C'est-à-dire, fis-je, surpris par son inquiétante tranquillité.

— J'ai lu tous vos livres, dit-il en s'approchant de la porte. Je désirais vous rencontrer depuis longtemps, tout en sachant qu'une telle rencontre ne pouvait m'apporter que désillusion au regard de ce que les mots promettent, et de ce que chaque écrivain, chaque artiste laisse envisager d'absolu si l'on ne s'en tient qu'à ce qu'ils produisent. Les œuvres aimées représentent une idée de la perfection qui ne peut que rejaillir sur leurs auteurs. Je savais cela.

— Pourtant vous êtes venu ?

— Je voulais aller à la rencontre d'un seul sentiment : celui de connaître le moment où je poserais mon doigt sur votre bouton d'interphone, vous sachant chez vous, en train de m'attendre, moi, Conrad. Ce fut un instant... »

Je me risquai.

« De bonheur ?

— Non, je pense que le bonheur est une surprise. Attendu toujours, mais ne survenant que lorsque la pensée s'est déprise de toute actualité, il est la divine récompense. Sans préméditation, le bouleversement qu'il provoque est tel que chacun, lorsqu'il se manifeste, veut le prolonger à tout prix. Alors, amertume et regret cèdent la place lorsqu'il

Un instant de bonheur

fuit. Moi, au moment où je posai le doigt sur votre sonnette, le temps et l'espace dans lesquels se produisait mon geste étaient circonscrits et je n'espérais rien qui aille au-delà de lui. Je n'étais pas prisonnier d'émotions, mais simple spectateur d'une esthétique où je voyais mon désir rejoindre la réalité. Ce fut *un instant parfait.* Sans surprise. Je savais qu'il prendrait fin lorsque la porte serait ouverte, la suite ne pouvant qu'être dans la nature des choses, décevante. »

Lorsque Conrad, après avoir remis son chapeau, fit claquer la porte d'entrée, je me regardai dans la glace, commandai une pizza forestière par téléphone, et pendant que je donnais adresse et numéro de carte bleue, je remarquai que je n'avais pas rasé quelques poils à la base du cou et que ça faisait affreusement célibataire.

LETTRE
À LA PETITE ASSASSINE

J'aimerais vous savoir morte, à l'instant. Que l'on vienne m'annoncer, elle est morte cette femme qui vous trahissait. Pourtant, je n'ai jamais souhaité votre mort, mais cette annonce serait la réponse du monde à mon tourment.

Vous connaissiez la date des tempêtes et ne préveniez personne. Les typhons approchaient, vous vous taisiez. Vous vénériez ce trop de vent ainsi que la tourmente et saviez que c'était cela votre mode d'existence : vivre sous un ciel chargé d'électricité et de déluge et attendre, seule, la désolation.

Vous auriez dû le savoir : la trahison ne mène qu'à la guerre et au silence. Car c'est cela le silence, regarder le spectacle des bouches qui se referment et ne plus jamais rien attendre des mots.

Mais, vous aimiez le chaos et la finitude des choses.

Je vous ai encensée comme une déesse de la volupté alors que vous étiez une joueuse de dominos. Noir et blanc, un monde à votre image – sans

Un instant de bonheur

nuance – vous servait depuis toujours de modèle, comme si la mer et le ciel, les étoiles et le scintillement des espoirs n'avaient toujours été que quelques taches sombres sur un crépuscule de brume.

Avec vous, ce ne pouvait être le plaisir *et* la quiétude. Il vous fallait sans cesse des harpons, des draps qui se nouent, des sanglots pour que la vie ait la bougeotte et remue le ventre comme du poisson en friture... Il vous fallait remuer l'air avec vos maigres bras. Enfoncer de la pointe de vos talons vernis les caresses d'apaisement que je vous envoyais à foison pour que disparaisse votre incertitude chronique.

Je vous ai idolâtrée, vénérée, choisie parmi les mille fleurs du soir et de la nuit, vous ai habillée de soie et de cuir, enveloppée de draps et de salive pour que vous sachiez que l'inordinaire était à votre portée : le luxe et le banal, deux figures inextricables du don d'aimer.

Il en faudra des secondes et des secondes pour réparer cette béance du temps où vous avez ferré mes chevilles aux vôtres pour que j'avance à votre rythme, celui de la guerre et des plans de bataille. Ce temps si précieux que j'ai dilapidé en bijoux de minutes, en diamants d'heures, pour parer votre quotidien d'irréprochables soupirs.

Qu'avez-vous fait de votre talent, celui qui consiste à rendre, au moins une fois dans sa vie, un être humain capable de s'envoler d'une falaise, sous

Lettre à la petite assassine

le regard des dieux, invincible, les yeux fixés sur le bord du monde, gorgé de croyance et d'humilité. Le talent du cœur et des mains pour savoir une seule fois caresser un regret et le transformer en volcan.

L'intérieur de vos cuisses fut un ministère de la prière et du désir, le lieu de mes insouciances et du secret qui nous liait. Innocents, nous avons fugué sur les franges de l'existence, convaincus d'avoir enfin trouvé la porte qui ne mène nulle part, vers nous-mêmes, évanouis de projets.

Le soir où je vous vis pour la première fois, je ne vous attendais pas. On n'attend jamais qu'un morceau d'avenir et je ne pouvais imaginer que vous étiez déjà un souvenir. De quel temps, de quel univers ? J'aurais dû parler, dire, non pas vous. Trop tard. Votre extrême présence s'installait, investie d'un passé qu'il m'était impossible de reconnaître au moment même où votre corps occupait le champ de mon regard. Vous avez gardé votre robe d'été et j'ai aussitôt rempli votre silence d'eucalyptus, d'étoiles et d'aéroports.

Je vous ai regardée dormir toute une nuit.

Une autre nuit encore, et j'ai deviné que je saurais, le reste de ma vie, attendre vos mots. C'est cela qui s'installe très vite lorsque des inconnus se rencontrent, chacun pressent comment il jouera du temps avec l'autre.

Vous avez prononcé quelques paroles endormies

Un instant de bonheur

que j'ai prises pour un morceau de rêve, puis vous avez distinctement dit, j'ai soif. J'ai alors imaginé un désert, le soleil blanc, un monde de pierre déchiquetée. Vous sauver ! Donner à boire à la femme perdue du désert, qu'elle sache qu'il y a d'autres visites à faire aux usines et aux brouillards, que le monde est peuplé de villes, que les musées circulent sur les autoroutes et qu'il suffit d'apprendre à voir pour aimer. J'ai pensé à cela, qu'aimer était de la famille de savoir. Qu'il fallait connaître le nom des choses pour qu'elles entrent dans les corps, se les approprier, et les aimer.

Votre jouissance m'a aveuglé de larmes. On ne dit pas ces choses-là, n'est-ce pas ? On enregistre en silence, on constate, mais moi cette fois-là, votre souffle accéléré, vos yeux agrandis pour que plus de monde entre encore dans votre corps, votre bouche déformée par une souffrance, m'ont anéanti.

D'où vient le sentiment que j'ai eu alors de vous perdre, sans attendre le souci, la jalousie ni les malentendus. Une certitude épuisée avant d'avoir à la vivre.

Pour l'heure, je n'ai que vous.

L'odeur d'une chambre saturée de présent. Un parfum d'amants, la sueur et l'encens. Je tourne autour de votre corps, dans cette chambre du centre-ville, pareil aux photographes qui cherchent où la lumière du monde va se poser avec la grâce la plus évidente pour sauver du temps l'objet qu'ils

Lettre à la petite assassine

convoitent. Comme eux, je suis un voleur d'instants. Je cherche inlassablement où capturer l'amour qui maillera ma mémoire. Heure après heure, je regarde ce minuscule lieu du monde, tout en haut de vos cuisses, à l'intérieur duquel rien n'a d'importance. Si l'aleph est le prisme des enfants d'où l'on peut observer les comètes, les banquises et les chevaux sauvages, votre sexe lui, est un point aveugle. La prison des étoiles d'où aucune lumière ne s'échappe, il est votre ombre et ma nuit, il engloutit.

Un jour, vous dites, et dehors ?

Je vous emmène marcher pour la première fois au milieu des feux de la circulation et je surprends le regard des hommes. J'observe et devine que ces regards-là seront vos premiers mensonges. Quel message muet, invisible, envoient certaines femmes pour ne laisser aucune place à l'envie ou au désir des passants ? Que si l'instant est possible, la moindre virgule de futur demeure interdite. Alors qu'aucun signe de votre part n'imposait que les curiosités se taisent, votre apparente passivité vous rendit innocente de ces trahisons.

Puis le temps s'installe entre vous et moi.

Je dis : le premier soir, hier, avant.

Vous parlez peu, vous dites je vous aime.

Vous dites aussi : je ne sais pas.

Plus tard, lorsque les villes que nous traverserons ne ressembleront à aucun film que vous avez pu voir, vous vous étonnerez d'un monde rebelle qui ne

Un instant de bonheur

vous obéit pas. Les ascenseurs en panne, les carburateurs obstrués, les chèques périmés, seront vos ennemis, et l'existence une conjuration pour alimenter votre inquiétude maladive. Vous direz à tout propos, pourquoi.

Un jour, avant de me dire que vous m'aimez depuis toujours, que jamais plus votre corps ni vos pensées ne pourront s'assoupir ailleurs que dans mes bras, vous m'expliquerez comment, petite fille, vous viviez au milieu des énigmes et comment vous vous êtes tuée à poser des questions. Tuée, avez-vous dit ! Comment les réponses qui vous faisaient si mal ont-elles fait mentir votre cœur à jamais, vos yeux et votre bouche pour ne plus avoir à affronter le vrai. C'est cela trahir, le saviez-vous ? Tuer son enfance, s'inventer une remplaçante, la regarder grandir, sachant qu'elle usurpera sa vie durant, des amours qui ne seront pas les siennes.

A l'instant où vous aurez terminé l'histoire de la petite fille assassinée, je remarquerai que vous m'aviez toujours parlé sans nuance, avec des mensonges de jour et des mensonges de nuit, désemparée par les mots qu'il faut dire et ceux que la vérité inspire. L'ombre que j'aurai tant étreinte venait à la seconde d'épuiser mon infini désir pour vous ; cette ombre, un fantôme de femme qui interprétait son existence, une figurante.

A l'instant où vous aurez terminé l'histoire de la petite fille qu'on assassine, je saurai qu'il faudra tuer mon amour pour vous, tuer votre amour pour

Lettre à la petite assassine

moi, anéantir le souvenir même d'avoir aimé quelqu'un qui n'existait pas.

Vous mentiez depuis toujours et vous vous êtes enfuie.

Quelque part sur la terre, vous souriez parce que l'air est très clair, que la mer n'est pas loin et qu'un imperceptible coup de vent vient de faire s'envoler une abeille. Je ne sais plus rien de vous. Je ne songe qu'au monde autour du lieu où vous vous trouvez, parfois ce sont des villes ou encore des montagnes. Aujourd'hui, c'est la mer.

J'imagine des vêtements légers, presque transparents, des tissus imprimés d'été et votre corps qui reçoit les caresses du vent. Lorsque je pense à vous, je ne ferme pas les yeux, au contraire, je regarde les toits des maisons, les feuilles des arbres, ou seulement à l'intérieur d'un rêve que j'ai pu préserver de la lumière. Penser à vous n'est pas une évasion. Ni une nostalgie. C'est une manière de me parler sans mensonge. Lorsque votre visage m'apparaît, je n'ai qu'à lever la tête pour être certain que je suis en vie et que le moment de mourir n'est pas arrivé.

Penser à vous, c'est penser à des mains qui jouent avec un stylo, regarder des cheveux retomber de chaque côté d'un visage, envisager un sourire. Je n'attends rien, je ne veux que vous savoir en train de découvrir le monde. Lorsque j'écoute la rumeur des voitures autour de moi, je sais qu'il y a, mélangés, votre souffle et les mots prononcés par vous

Un instant de bonheur

lorsque vous êtes seule. Je décrypte chaque maison, les cathédrales et les carrefours des nationales car vous êtes un morceau de ce que je regarde, une parcelle invisible d'un tout qui m'apparaît désormais impassible, et que je sais habité par vous.

Qui saura si l'étendue de nos rêves a pu recouvrir l'infini désarroi qui était le nôtre, ardents et fous de compassion, vous pour un étranger, moi pour une étrangère.

Désormais, vous vivez sur la terre en même temps que moi, et cela nous rapproche considérablement.

TABLE

1. Le confessionnal 9
2. Brasero 25
3. Notre Dame d'Aubervilliers 35
4. Œillet fané 47
5. La seconde mort de Werther 55
6. L'enfant à un chiffre 83
7. L'amante à crédit 95
8. Irène et l'origine du monde 107
9. La dernière passion 121
10. Un instant de bonheur 157
11. Lettre à la petite assassine 169

Deux nouvelles de ce recueil (« La Seconde Mort de Werther » et « La Dernière Passion ») ont été publiées directement en Livre de Poche. Quant à « Irène et l'origine du monde », elle fut écrite quelques mois avant le roman *Le Prochain Amour* et servit de « matrice » à celui-ci.

Y.S.

Cet ouvrage a été réalisé par la
SOCIÉTÉ NOUVELLE FIRMIN-DIDOT
Mesnil-sur-l'Estrée
pour le compte des Éditions Grasset
en avril 1997

Imprimé en France
Dépôt légal : Avril 1997
N° d'édition : 10343 – N° d'impression : 38087
ISBN : 2-246-54931-0